尤墨书坊

■ 李兆虬／主编

山东城市出版传媒集团·济南出版社

■ 张丽华／著

见字如画

图书在版编目（CIP）数据

见字如画 / 张丽华著 . -- 济南：济南出版社，2018.1
（尤墨书坊）（2019.5 重印）
ISBN 978-7-5488-3032-0

Ⅰ.①见… Ⅱ.①张… Ⅲ.①随笔－作品集－中国－
当代 Ⅳ.① I267.1

中国版本图书馆 CIP 数据核字（2018）第 021062 号

见字如画　张丽华/著

出 版 人　崔　刚
总体策划·责任编辑·装帧设计　戴梅海

出版发行　济南出版社
地　　址　济南市二环南路 1 号 250002
网　　址　www.jnpub.com
电　　话　0531－86131726
传　　真　0531－86131709
经　　销　各地新华书店

印　　刷　济南龙玺印刷有限公司
成品尺寸　150×230 毫米　16 开
印　　张　7
字　　数　76 千
版　　次　2019 年 5 月第 1 版第 2 次印刷
印　　数　5001－10000 册
定　　价　49.00 元

发行电话　0531－86131730 / 86131731 / 86116641
传　　真　0531－86922073

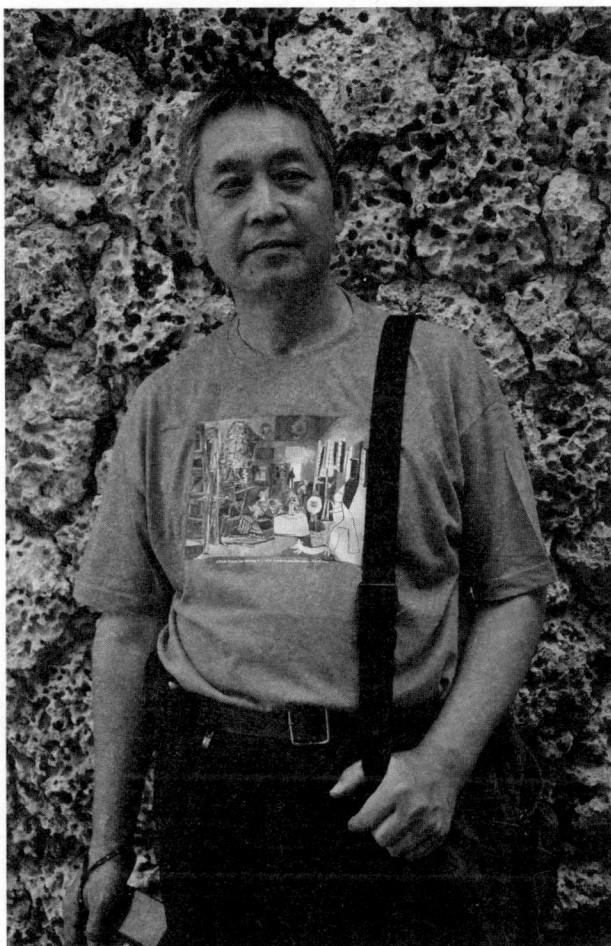

　　张丽华　　1983 年毕业并执教于山东艺术学院。中国画教授，硕士生导师。中国美术家协会会员，山东美术家协会会员，山东画院院聘画家。中国画《瑞雪》获第六届全国美展优秀奖并被中国美术馆收藏，四回举办《灼灼其华——张丽华人物画研究展》。所主持速写课程被评为山东省"精品课程"，定为中国高等教育全国规划教材。完成泰山《东君出行图》、泉城路《老残听曲》、泰安高铁站《泰山颂》等壁画、雕塑设计稿多种。论文 80 余篇发表于国家级专业报刊；由人民美术出版社等出版画集、专著 48 种；小说散文数篇发表于《山东文学》《当代小说》等报刊。

话里有画

　　画里有话，话里有画，恰如"诗中有画，画中有诗"。

　　"话"是语境（context），语境是"画"存在的时间、空间、情景，包括与"画"相互动的文学、音乐、戏剧、科学、时代精神、年代特色等一系列精神与物质的"上下文"。由于这个关系，当一幅画的思想、内容、形式不断交织、缠绕，最终以自认为最准确的方式呈现的时候，这个呈现仅乃冰山之一角，暗示着编织渗透在作品的过程与结果背后之更繁杂绵密的作者、环境、时代的关系；如果修养与技术足够高，"话"的体现会足够厚重深沉，"画"的样式存在会带有浓重的"话"的投影。

　　"画"是视觉化的情景（visualization）。听过一位知名歌唱家的讲座，他说，每首歌里其实是有一个画面的，这里有人物，有故事，有情境，歌唱者就是要在脑中建立起画面，再用歌声描绘出来。各种艺术形式都在讲述一种形象化情景，以情景记录、表述、交谈、共鸣，连自然科学的推想、演算、建立、演示也都以情景开始至完成。一切"世间法"，不论自然、人文、艺术、哲学，抽象到形而上的高度，都会具有如"画"般的可感、可知、可想象、可理解的亲近、可爱和天真。

艺术的起源是这样的，言之不足，歌之；歌之不足，舞之蹈之。一种原始质朴的表达情绪的方式不能满足时，便会寻找另一种宣泄的途径。

艺术应该源于生活，高于生活，而实则永远"低于生活"。"高于"不过是一种愿望，一种向往，一种鞭策，一种托词。

受"工夫在诗外"的撺掇，"工夫在画外"也叫得山响。说是，技巧就那么些东西，要提高书画档位，当在画外着意，从画外找"工夫"。美术家叶浅予曾有学习中国人物画之"八写、八练、四临、四通"的学术倡导，其中的"四通"（穷通人情世态，贯通画理画法，旁通花鸟山水，遍通中外古今），便说出了"画"与"话"的关系。可见画内画外"工夫"均多得很，"工夫"耗尽便成"功夫"。

艺术依傍哲学、科学、史学、文学、民俗学、图像学，又弄出许多面貌。"画外""画内"是一笔理不清的糊涂账。

透视、色彩、解剖、构图，绘画在科学、心理学的交织中前行，一部美术史，毋宁看作是一部自然科学社会科学纠结的发展史。中国画家以为在诗书画印的浸淫中便可登入艺术之巅，其实一直与国学国术国医国剧等纠缠不清，也可捋出一部画内画外的"工夫"史来。你看，"画"一直为"话"左右，一直是"画里有话"。

道理似乎是对的，一些画家或书法家，不可谓不用功不勤奋，但到一定时候，画艺书艺总不见长进，大概是这里出了问题。

本文集收录为平时作画之余的"画外闲话"，有关于画内的，有关于画外的，可见平时不务正业的关注很多很杂；是否真正转化为直接的营养，提高了画艺，说不准，但为人生增加了很多维度的丰富感。我不敢用"静水深流"这个伟大的词，画的背后其实有画外的不少功夫在支持着。画如其人，哪个人都不仅仅是一个单音节的符号。童年是谣，少年是歌，青年是诗，中年是散文，壮年是小说，老年是哲学；哲学中仍然有歌谣诗赋支撑其中。活到"哲学"的年龄，每一回发声，都该是复合杂糅的心声。话里有画，画里有话。

2017 - 2 - 22

目 录

画我的坡

大约 1976 年读中专的时候吧，我创作《迟到》，又画了小品《村童四季》，本科时画了《瑞雪》，后来又画"五谷"画"牛羊"，我画中的人物渐渐成了"儿童"。我也画过别的，比如历史画，乡风民俗画，仕女美人画；但夜深人静的时候，我在灯下写文章画画，诉诸笔端的仍然事涉孩子，甚至在梦中，我也是那时候在野坡里奔跑着忙碌着憧憬着的少年。我发觉我其实并没长大，外貌上当然是一脸的沧桑世故了，行为上也多了些持重，但心境上，我居然还那么稚嫩，有时候，我觉得我竟穿越时空，用文，用画，用梦，去和那个挎了提篮，漫坡去剜野菜割青草的土小子相会。这当然是难以被人家理解和接受的，但仔细想来也还有几分欣慰，能保留不谙世事的童贞也不算什么丢人的大事。

我的情愫很固执地停在了那个童年少年，那大抵是我心情最天然本真的时候。每天，用一双穿了布鞋的脚去啪啪地丈量那片坡，所有沟坎都留下了我的足印，也留住了我的童年，无意中，似乎也把"时间"定格在那段时光中了，包括我的心境，我的健康状况，我的父母亲，我的兄弟姐妹，我的亲戚同学，我周围的人和事……

我熟悉那片坡，熟悉那里灼热的太阳，熟悉那里的风声雨声蝈蝈声蚂蚱声，还有庄稼叶子声，熟悉那里的草味菜味五谷味浮土味……这一切将一生挥之不去，成为我画中、文中浸泡透了的声、光、色、气。这大概是我画所谓"儿童题材"和别人不一样的地方。

我没有放牛放羊的经历，但我对牛羊有着比别人更深的理解，我曾见过我的小伙伴们在牛生下牛犊后那股难以言表的喜悦（尽管那是生产队的），也见过伙伴们在坡里放羊时那种神仙般的怡然，那才是人活着应有的心态和神情。我开始借鉴方增先的办法画牛画羊，画坡里人物之外的又一种生灵；借鉴任伯年的办法画玉米、高粱、谷子、野草，画村里的槐树榆树，画王家坟的杏花桃花，开始调着土黄色画家乡的那片坡。有人说画中的人物像我的女儿，我没有对着女儿写生，也不想让孩子再回到那片坡地里钻着野草和玉米放牛放羊，只是把两个我"叠印"一下，借个女孩涂块红颜色，如果女儿能温习一下我在乡村野坡里的生活也无什么不可。又有人说，随着女儿的长大，我画中的人物也开始长大了，这倒是很有意思的。不过不能再长了，我出来求学时 18 岁，我女儿今年 20 了。

我出生在1958年，也正是那片"地"改叫"坡"的时候，从那时起，人们开始集体在坡里干活。大约过了20年，"坡"重新换成了个人的"地"；又过了20年，地也没有了，被收回了，每人净得3万元，四周耸立起一片片机关和小区。嘿，那房子盖的，跟挂历上见到的外国别墅一样。我不断从那片"坡"里走，不一样了！全然没有了我画中的那些东西。前几天还和妈妈通了电话，说家中土坯草顶的房子和院不过两年也要拆迁，这样，在我 50 岁的时候，"坡"将不复存在，我所画的一切，便真的成了记忆，成了梦境。

2002 - 5 - 1

玉　米

　　天气最热的时候，学校放了暑假，我照例要在高出头顶的玉米地里锄地，家乡叫"锄热地"。那些年家乡雨水丰沛，玉米长得苗壮，粗壮的玉米秆子真的成了"棒子"，在玉米地的畦垄里躬身钻行，满天地澄明的绿色，火热的阳光从头顶叶子缝隙里照下，溽热的暑气从地下泛起，我和玉米就被蒸腾在无际的田野里。锄地不光为锄草，是保墒，锄过的地不干不湿，不板结，不散发，顺垄看去，一副勤人料理的样子。

　　这种地是最难锄的，难在热，难在闷，难在地硬。

　　锄地是暑期最热的时候，古诗中说的"锄禾日当午""田中禾苗半枯焦"不知是不是这种作物（唐宋时玉米来没来到中国？），但肯定就是这个时候。玉米长高的时候，钻在地里像进了森林，一直拱锄到长长的地头，才能透一口气；和闷在地里比，站在了无遮挡的地头上暴晒，接受着旷野上的热风，反成了一种享受。玉米地里夹杂着未铲走的麦子碴，锄上去，如同锄到了芥根，拖不动。新长成的叶子看似柔弱，它的棱还是很锋利的，像谜语说的"一棵树，高不高，上头接着杀人刀"，胳膊蹭上去当时试不出来，汗水一浸，杀进肌肤，火辣辣的；第二天一看，臂上一道道血印子，像划过的猫爪印。什么时候把胳膊晒得黢黑，把皮肤打磨得粗厚，就不怕玉米叶子划了。

　　深秋的玉米地不用再锄了，棒子穗长得和牛角一般粗，只等着满仁，干蕊。玉米地里长了一茬野草，把矮车子藏在不被人看见的水渠里，钻进玉米地里拔草，不多时就拔满一搂。秋后的野草老帮，搁晒。

　　收玉米有两种收法，一是连根砍走；二是只收"棒子"，得闲时再砍棒子秸。在深秋下学后，这两个活我都干过。手臂挽着提篮，把一个个沉甸甸的棒子掰下，收在篮子里，满了，倒在地头空地上，等着运走。掰棒子的声音很好听，说不出，写只能是"咔嚓"。砍棒子也有两种，一是拿镰刀从棵株下部削下，留下一尺来高的玉米茬在地里，砍完的地很吓人，削成尖的干茬一根一根向上挺着，矗着，像等着扎人的竹尖桩。再是整棵从根下刨出，晾在地里一些时辰，待干后砸干净根上的土再运回来。

　　玉米地最好看的时候是雨后，雨把空气洗得清凉，把坡里的庄稼洗得翠绿，玉米透着干净的新鲜绿色，在人们离去后的静静的正午，太阳照上去，能听到玉米拔节的噼啪声。雨水充足的伏季，预示着秋后能收到硕大橙黄的棒子。

　　小时在坡里割草剜菜，闲了的时候，几个小伙伴就约了烧棒子吃，俗叫"烧窑"。在沟边用镰刀挖个灶，挑成熟又不老的棒子，掰下，担在支起的灶上；折下成熟的玉米棵的"梢"当柴火，拿火柴点着，连皮一起烧着吃。烤煳的棒子很好吃，比煮的香。每见下坡回来腮边黑黑的，就是在坡里吃过烧棒子了。渴的时候也去地里折棒子秸吃，我们叫"甜棒"。折甜棒得会挑，那是不能"生育"的"谎棒子"。一段段嚼了，吸那水分，就是我们的"甘蔗"。生玉米也能吃。我在长成小伙子的年龄，吃饭没个饱，有一回在坡里干活，饿了，又不能跑回家吃干粮，我瞅见没人注意，躲到地里生啃了一个玉米棒子。带了白色汁水的生棒子让我支撑到生产队收工。

等到我把玉米画进画里是在四十岁以后了。这当然得需要等，等我的画画"用意"在历史画、文人高士画、仕女画等转了一遭之后，等我的笔墨在山水花鸟画中有了一定的浸泡积累之后，等家乡那片坡被收回征用、盖起了小商品市场和城里人的楼房别墅之后，等家乡人不再属于庄稼人、不再拥有耕作的土地去种植玉米之后。我画的棒子竟成了追忆。

我发现我家乡的玉米原本是很"入画"的。它的身形，它的姿态，它的色彩——叶子和苞米为绿色，雌蕊为红色黄色绿色，雄蕊为淡黄色，自然、健康、茁壮、秀美，婀娜多姿。秋后，玉米变得通身澄黄，偶有几处呈现绿色红色，也显示着熟透的老成持重。

中国花鸟画中单有一类是蔬果，但撷来画中之后多成了文人用以标榜"清高"的案头清供，却不是五谷（虽然玉米不属于传统的五谷），也许是他们没有这种生活情感体验、没有这种表达能力，还是没有这种勇气，怕沾染了菜蔬气粗鄙气。能根据生活所见，变自己眼前事物为笔下物画中物者当属任伯年，他不大顾及别人画过的题材，不大顾及别人的程式，甚至不大顾及奉为圭臬的"水墨为上"。他用色彩画麦子，画丝瓜、南瓜、扁豆，用自己的办法画牛画马画羊画猫画鸭画鹅画鸡……他学画后久居海上，似乎依然记得"山阴道上"的东西。再是齐白石，他以大写意画玉米，画与他儿时生活息息相关的蔬果草虫，让人相信这位文人心中跳动着的仍是一颗平民百姓的心。我学不来齐白石只好学任伯年，他的花和鸟是交叉在一起的，鸟往往被花遮挡，我便在玉米缝里画人和牛羊。这比任伯年要难，因为鸟的形体小，花的枝叶不影响鸟的形象；而玉米叶子缝隙里的牛羊面积很大，支离破碎的缝隙难以保全动物的形貌，又加上还要顾全笔墨的书写性，所以我以水墨在"玉米"空隙里"掏"画牛羊时，往往"目无全牛"，偶有几张看得过眼的画是"碰"出来的，存在着很大的偶然性，这也就是我的画不如任伯年好的原因之一。

这种难度是很有趣味的，我可以用画花卉的办法画五谷，以画山水的办法画坡，人物、牛羊不是"点景"，依然是画面的主角，我可以在这种穿插组合中获得创作的乐趣，也可以顺便温习一下坡地里玉米的形状、色彩和气味，虽然这不啻画饼充饥。

2006 - 10 - 5 / 载《坡上行》2007.6，山东美术出版社

"借人抒情"

画花鸟是借物抒情，画山水是借景抒情，画人，则是"借人抒情"。我们画中的人物不过是借来的形象，画家让他们为自己代言，表达一定的思想情绪。

先说"借"。为什么是"借"呢？因为很少有人画自己，虽然是自己所见所闻所历所感所想，一旦成为一个"形象"，就成了凭借之物。传统花鸟画中"赋比兴"元素都有，景物作比，借物起兴者居多，人物画中似乎比山水花鸟画的"借"多了一些直白。人物画多偏于"赋"，没那么多的隐晦暗喻。说至"凭借"，人物画是"凭"，主观的成分大；花鸟山水画是"借"，客观的因素多。山水花鸟画的抒情似乎有一层隔膜，需要情感的转换；人物画抒情的直接性极易成为一种错觉，以为画中人就是目的。画人不独为画人，画面是一个"演员"，我们既要通过他讲故事，更要表达幕后的思想，不能以为画面有了人物形象，就可以放心顺畅地表述思想了。有些"自传体"的画，画自己的经历，模仿着"主观镜头"作画，画中人物仍然是一个"凭借物"，一个媒介，因为眼前有一个透视原理的假设画框，就决定了自己是一个冷冷地站在画外看白纸的人，不过是事后做尺幅间的平面经营罢了。

次说"人"。"人"有古人今人，取古人者，多取高士、仕女、童子，其情景无非古画中用过的行旅、泛舟、纳凉、抚琴之类，意境无出古画之外。今人多画女人（民国女子）、时装女子、孩童，也有的画当今的退休老人。画家在选择这些"人"为自己代言的时候，隐约中有一种自我身份认同的意思，除非是主题性绘画创作中决定了的领袖题材、历史人物，一般化拉进画中的物象多多少少寄予了画家的理想；布置环境的时候，也总有为自己营造理想空间的意识。画古人是传统，古画中的人物多为前代先贤，纳入画中有劝诫、榜样、彪炳的意味。今人画古代人物总有一种过分疏远的间离效果，甚至可以不负责任地懒惰一下，久而久之，笔下人物越来越不考究，继而走向概念化。本应是画中的主角，情感的寄托，不幸沦为了画的托词和附庸。曾见一幅漫画，画家画古代文人高士，屈原、李白、苏东坡、郑板桥、曹雪芹等，全都是一个姿势，一律侧面，仰面向天，一手拈胡须，一手背身后，最后，画家本人也同此状。因为许多画古人者，并没有在人物身上用力用心，近乎敷衍了，比如研究人物性格、思想、形貌、服饰、环境，最后才是图式和笔法。对当下人物的描绘虽初见端倪，已形成一定气候，但终因时间太短，未能向人物思想深层开掘，难以准确全面地留住生活的形貌，较少能看到这个时代人们的生存状况，更多是断续的不完整的浮光掠影式的碎片，且不乏粉饰，许多人们关注的社会热点重大主题均不在画中。你可以把一些"城市心态""乡村即景"的画，说成是直逼人们生存状态揭示心理结构解构心灵空间，追问到最后不免空泛无力。

再说"情"。有了对人物精神层面的拷问，才能谈到抒情之"情"的高调揭示。"情"的凝结与抒发在造型，在图式，在情节，在环境，在笔墨，在情境，在画面整体文化气象。任何一个环节上迁就或懈怠，都不可能达到最后理想的抒情结果。诸多被展览和画廊异化了的画家，在抒发自我之情的时候，又不免照顾到周遭实用意义的品评眼光与声音。试想一下，有多久我们没有被画中的形象或气氛感染过了？尽管生活在一个画家如云的时代。我们见到的"情"，几乎全是"行画"意味的滥情：你和我一样，今天和昨天一样，南方和北方一样，这批画和另批画一样。似乎大家都没有了特殊的生活体验，没有了自己的眼睛和心思，只满足于人云亦云。

最后说"抒"。这是个动词，可以狭义地理解为手段与技巧，所有上述一切，最后都交由"抒"来完成。得承认，这是一个重视技法的时代，在不同画家手中，我们看到了对于技法独到的研究，几乎形成自己的面貌，当下对技巧的实验是画史上最多样的时代。然而为什么有了"抒"的手段还不能顺畅地抒"情"呢？照我看，是心态的不沉静不诚实。有些画在精致性上近乎无以复加，在生宣纸的水墨晕染上超过了古人，比如画毛衣、画牛仔布的纤维，把大幅生宣纸铺得满纸氤氲。但对照古画，仍旧缺乏一些应有的感动，哪怕仅指技巧。看似貌不惊人的没有技巧的古画中，总有些夺人的清冽气息，含蓄、蕴藉、内敛、冷逸，和在一起，便生成凛然的文气。差距在哪里？私下猜度，是学识修养和绘画心态。不去诚恳地自我反省，沉淀心灵，加强文化厚度，失却了纯正醇美的艺术态度，后面的一切技巧便成了猎奇意义的花样翻新，多了，不免滑向杂耍。

在这个大氛围的笼罩中，我也不能脱其窠臼。虽然我尽力挖掘生活中积淀下的记忆残留，终不能摆脱现象的罗列而走向生活本质的思考，稍有不慎就会显现浅薄。但我记住了这样一句话：画你经历的熟悉的和感兴趣的。我想把这几点结合起来，以浓厚的兴趣观照自己的生活经历，让一切场景重现，较完整地拼凑出"自传"意义的乡村风情画。这就是我的生活。我不可能越出这个范围去描绘经历外的事情，一是不熟悉，二是不感兴趣，除非"遵命"意义的主题画和订件。这有点像本色表演与性格表演的关系，最自然的是本色。凭实力和指令走向性格化表现未尝不可，但一定要尽力与本色的深层意义相对接，在不熟悉不感兴趣的题材中，加进自己的体验理解与处理。有人这样统计，作家的前六本书都是自传。就是说，有意无意间，会无一例外地把自己的经历、情绪注入作品。这是脱不开的。到目前为止，我画中的一切都是我生活范围内的事，而尤以童年少年青年时的生活为多。按以上"借人抒情"之说，我借的"人"其实是少年时的自己。为什么是个"女孩"呢？一为好看，体态美，颜色鲜艳，容易博得诸多人的赏识；二是符合我少年时独自在坡里割草剜菜拾柴火时的心境。一个孩子，孤零零地在沟坎间，在遮天蔽日的玉米地里，在离家几里远的漫坡里，听风听雨听太阳晒听蛤蟆蝈蝈知了叫听麦子抽穗杏子落地玉米拔节豆子爆裂；看兔子看长虫看刺猬看蚂蚱，站上凸起的坟头看几乎看不见的山，孤独、细腻、沉静、安心，可不就像极了女孩儿孤寂娇弱的敏感、脆弱、童贞？对于这个"女孩"形象的"借"，我比别人多了几许直接。至于女孩子手中劳作的活计，无论程序、瞬间、目的，已不必依赖下乡写生或拍照得来的素材，从我的亲身体验中随意撷取便是。

画中人物从事着我少时的所有活计，但我知道，我"抒"的是 20 世纪 60 年代的"情"，人的模样、服饰、体态都是那个时代我眼中最美的女孩的样子。这也没办法，我不知道当今乡村中这些农事劳作是否还是由这样的花季少年少女来完成，除了上学、打工者，留守的农人该是什么样子。我也想让她们换一下装束，比如也穿裙子、牛仔服、吊带裤，颈上腕上腰间也点缀些首饰、手机、MP3之类，但情感上不允许，除非令我改画所谓"城市心态""都市水墨"。我不知城市人究竟是什么心态，木然、隔膜、冷漠、疏离？既然这样何必要城市化。但我知道乡村的情境和"心态"，我耕耘的是四十年前的土壤。

我想走出这样一条抒情的路子：

田园风情——再现仍旧存在但少有人深入问津的田园情感。尽管气息不像我少时那样清新，但田园中浸透着的水和气还是相对干净的。我表现的田园景致大都遵循了古画中"可行、可望、可游、可居"的规则，有些是写生的场景，有些是写生时留下印象的综合。画中可以种庄稼种菜，可以行路汲水浇地，树、石、田、路、禾都安排合理，人的活动有了可信的环境。在与人组合的田园景致中，我尽力避开惯常的布局手法，一切以接近自然为准，展示出久违了的真实的乡村秩序。我想，在一步快似一步的城市化进程中，无论情感的回溯和场景的保留，应该是有意义的，因为人们希望心中存留这样一块原始天然的净土。

自然纯情——借女孩抒发一种安静天真的接近私密情绪的自然纯情。女孩如水，我力求开掘出这种水样的品性，让人物与田园环境融为一体，捕捉到几缕山乡野风；发掘人物身上不受环境污染的处子情结，动作融于规定情境之中，共同营造田园氛围，做到动态天然，模样淡然，打扮自然，情感泰然；避开喧嚣，走进安静与缓慢。

笔墨诗情——让笔墨在与土壤稼穑的糅合中焕发田野一样的诗情画意。新的题材应该启发新的表现样式，比如稼禾、蔬菜、梯田、山路、山涧中与人为伍的石头，这些看似花鸟山水画中的符号，一旦放入田园，就应该浸染进土和水的韵味，脱开旧有的传统符号而重新设计创造，使其变成与人亲近的东西，造型、色彩，用笔用墨等，一切遵从泥土的气质重来。它们仅是画中人物的环境，人物绝非是它们的"点景"。笔墨的探索是无止境的，别人重复过的笔墨仍可以用，比如我们借鉴古人的手法，何况古画中未曾挖掘的技巧更多。可以用画讲近乎逝去了的历史故事，但语言一定要新颖别致，符合当代语法。所经营的画面气象，尽力回归田园诗情。

我正在努力做。

2012 - 8 - 14 / 载《爱尚·美术》2015.12，山东出版传媒股份有限公司，山东齐鲁美术研究院

画　羊

我是在一位编辑的"逼迫"下画羊的。和我挺好的一位编辑说："你写个《怎样画羊》的书吧。"周围画家那么多，人家偏偏来找我，我知道他的好意。我说我只会画牛，不会画羊。他说："差不多。牛有人写了，你写羊吧。"于是回来学着把牛换成了羊。及至这时，我才有机会翻看了羊的许多资料。

羊，是古代最早出现在画中的动物之一，在中国周边大半圈岩画艺术中，羊的形象占据很大比重，盖因其柔弱，便于猎获。羊是古人最早食用的动物之一，在先民处于游牧状态时，羊解决了人类的吃和穿两大难题。《说文解字》有"美，甘也。从羊，从大"之说。"羊大"了，就意味着肥美，羊羔之美叫"羹"，勾芡之类工艺做成的糊状肉汁叫"羹"，都与羊有关，仅此一例，似乎就决定了它们的命运。传统相声中有《报菜名》，第一道菜便是"蒸羊羔"。羊，首先与吃联系在一起，其他如羔、糕、羹、肥美、鲜美之类，无不如此。东南少羊，西北少鱼，"二者少而得兼，故字以鱼羊为'鲜'"。"羞"是"进献"，也即"牺牲品"。《说文解字》还说："羊，祥也。"秦汉金石多以羊为"祥"，"吉祥"写作"吉羊"。古代"羊""阳"又可通解：冬去春来，阳长阴消，有吉祥之象，故以"三阳开泰"或"三阳交泰"为岁首吉祥之语，《易经》

以正月为泰卦，三阳生于下；取其谐音也写作"三羊开泰"，民间饰物多以三只羊的图案代表吉祥亨通。

以"羊"为文化引申开去，则有更多的语义，除美、善、鲜、羞等"吃"的含义之外，另有——

"善"：上部从"羊"，《说文》有"美与善同义"之说。

"孝"：羔羊跪乳被赋予了"知礼""至孝"的意义。

"义（義）"："法"古字为"灋"，"灋"为传说中独角神羊，即獬豸，是公平、公正执法和避除邪恶的象征，其性忠厚；见人斗，辄以其角去触理亏的一方，因此左边"平之如水"，右边以"廌""去"会意，獬豸神羊公正执法，为人们的生活或祭祀而牺牲，因此是有"义"之物。

"乐"：中国早期音乐系统理论中的"五音十二律"之"五音"，依牛、羊、鸡、猪、马"五畜"之声音表示"宫商角徵羽"音阶，羊声为"商"。

"群"：以"羊"为"形声"，即颂羊有"合群"之美德。《诗经》有"谁谓尔无羊，三百维群"，《说文》徐铉注："羊性好群"，由此产生"群众"一词。

老子说"治大国若烹小鲜"，古代帝王总是把国家治理视为烹调，民人视为"恓惶惶"的事，在他们看来"小菜一碟"。"羊大""小鲜"真的是味美的珍馐？"大"至少有两种意思："皇，大也。三皇，大君也。"另说"大"指帝国版图辽阔如海（三皇时代中国版图有"大九州"之阔，神州仅为其中之一）。这应是三皇眼中的理想图景：领土疆域辽阔如海，群臣子民驯顺如羊。

这个观念也与西方如出一辙。《圣经》中把耶稣基督喻为羔羊（lamb），把基督徒比作绵羊（sheep），人们因为羊具备心地善良、温良谦恭、纯洁无瑕，本性大度宽容又极少有挑衅性等许多人类所向往的高贵品质，而对其赞美有加。对耶稣而言，羊又是芸芸众生。耶稣说自己"我是好牧人，好牧人为羊舍命""我认识我的羊，我的羊也认识我"，全人类是主的"羊"，耶稣以无罪之身被钉于十字架，是为自己所爱的"羊"舍弃生命。

中国民间以羊作为自己的图腾，常见的便是"十二生肖"中的属相。把自己归属于动物，让动物与自己重叠起来，在它们身上寻找自己异同点，安放自己的寄托。

我最初对羊的认识是这样开始的：一个乡村的孩子没奶吃，是家人养了只母羊，用羊奶喂大的。小时听这个故事觉得是很怪的事。也见过那孩子，和我们没什么两样。一个叫"奎"的伙伴家有一个远房亲戚要来，他妈妈提醒他，来时别老盯着人家的眼看！那个亲戚有一只眼是假眼，据说安上的是一只羊的眼睛。我和奎都闷得慌，羊眼什么样？于是就跑到胡同里墙角拴着的羊那里，蹲下来凑近了看：黄黄的，一个瞳孔像一条线横在里边。羊很不解地瞪着黄眼看我们，我们齐声说："呦，很吓人！"于是躲了出去，不再见那位亲戚。我家没养过牛羊之类，小时在坡里给兔子割草剜菜，跟邻家的孩子一起放过羊，它们是和人亲近的很听话的动物。在这段记忆里有两点印象深刻，一是哺人长大的羊奶，二是补人美观的羊眼。羊对人是有恩的。

羊食草，不具备攻击性，尝见电视上两三只豺狗之类啃噬一只野羊，羊就站在那里一动不动地任它们撕咬，连撅一撅蹄子，顶一顶羊角都不会。其他羊呢？也只是站在一边看着，同情？怜悯？幸灾乐祸？与己无关？

有人画了一帧漫画：一人牵三只羊走向屠宰场，三只羊乖乖地跟去。见过漫画的懂行的人说，根本不必牵三只，只牵一只，另外两只或更多的羊群，都会顺从地走向屠宰场，虽然它们知道自己走去的命运。

我见过一幕残忍的屠宰，是当着一只羊的面宰杀另一只羊，那过程毫无遮掩地在那只活羊面前演示了一遍：从捆绑，到放血，到剥皮，到镟肉，到割下羊头，到剁下四只生动的羊蹄再扔到活羊的身边，你稍稍回避一下也好啊，不，就那么直接地当着它的面宰割。这就是羊，就是毫无防范能力也绝无抗争意识的羊！常用"任人宰割"来形容心安理得束手就擒坐以待毙者，也就是这个意思。当然，那天我也在朋友们觥筹交错中品尝了鲜美的羊肉和羊汤，刚才血腥的一幕，被眼前蒸腾着的热气和膻味冲淡，并恶狠狠地抛在了脑后。

我当然不反对从猿到人的进化过程中拿羊作食物，只是替这些温顺的小动物惋惜，不免为羊心生无奈。也常常在生活中瞥见他人或自己，从这里感到弱肉强食自然规律之于人世暗喻的悲凉。

画羊与画牛的心情是不一样的，画牛必有牛的悍气，画羊心中满是羊的温情。一团氤氲的笔墨，幻化出羊的形状，落在草丛中或庄稼地里，由我或一个与我相似的小姑娘看管着，悠然地吃草吃树叶吃庄稼叶子。我用墨填空，黑墨在草叶之间穿插，让线和墨团交织在一起，共同唤起草丛中的气味、咩声和形象。画羊的笔墨终是阴柔的，局促的，畏缩的，退让的。

在太行山，雨中，我与一群羊并排行走，一只小羊落在后面，我打着伞跟上，那小羊就一直在伞的庇护下走到村庄。到羊舍时，小羊竟不愿离去，还在寻找我和我的伞，企图跟着我走。我画的许多小羊，都有这只羊的影子。有个文字小游戏，我常常在画中题记：小羊上山吃草。游戏是任意变化几个字或词组位置，使其变为另一句话，结果有：小羊山上吃草，小羊吃草上山，小羊吃山上草，小山上羊吃草，山上小羊吃草，上山羊吃小草，小草山上羊吃，羊上山吃小草，羊上小山吃草，羊吃山上小草，羊小山上吃草，吃草小羊上山，吃小草羊上山，吃草羊上小山，山上草小羊吃等十数个答案。

　　如果有"小草上山吃羊"的可能，上面这个游戏则可以无限地玩下去；可惜，只能是羊在吃草，我在吃羊。

　　在吃上还是应该积德的，比如苏东坡就提倡过的"三净肉"，这是俗人欲求出家境界的权宜之计；还见古书上禁吃牛肉、狗肉，但没有禁吃羊肉。我肯定做不到吃"三净肉"的戒律，也积不到不食牛肉、狗肉的阴德，更不因画牛画羊从此不吃涮羊肉和"小肥羊"火锅。所以选择画牛画羊，除了模仿我所景仰的老师们的笔墨，很痛快地在纸上戳点几笔墨团，撩拨一下童年记忆的相思，也为牛羊立一回"画传"，借以冲淡一下口德之恶。

2003 - 11 - 11

烟村四五家

画了许多年的风景速写，突然想画点山水，把那些写生的素材变为宣纸上的山水画。

也看过画过优美风景区的高山峡谷，高峻突兀的大起大落教我感叹大自然的鬼斧神工，但激动而不感动，倒是与人接壤的山脚更加令我倾心。我喜欢人参与并生活于其间的山水，而非单独辟出来供人赏玩的山川公园。山脚下多了一些"人气"，人在其中居住、行走、耕作，人的活动参与了山水的构成。山不是崔嵬嵯峨得不近人情的山，而有了行走的路，居住的屋，耕种的田；水是流经人的房舍、农田的水，给人以润泽；树不是观赏性的挂着名片的古树名木，是与人息息相关的林木果树。山水与人一起过日子。这是否落魄为花鸟画中"富贵"与"野逸"中的"下里巴人"一格？

郭熙说的山水画"可望、可行、可游、可居"具有与人亲近的温情，古代山水画大致遵循了这种发展意向。它制约着画家不致蹈入空泛的无人之境，不致违背自然物象的浑然天成在尺幅间随意"置陈布势"，而要对自然心存敬畏。物理物法。画理画法是遵守的必要契约。古人也喜欢游历跌宕险峻的大山大川，但搬弄到画面时总能找到合理的来龙去脉，既符合天然的气象开合，又符合猎奇的心理感应。他们为山水画起的名字大都是以人为中心，虽是"点景人物"，也能

《路隘苔滑步慢行》/ 69x69cm 宣纸、水墨　2011

看出对人物形貌、关系的具体刻画。山水中的人物，犹如作文之点题，面积上是"丈山尺树寸马分人"，内容上却是画面的"核"，情感上则是画面的"魂"。人与山有外形和情绪上的呼应顾盼关系，才能让人看后有"恨不能跃入其内与画中人争座位"的感受。大面积的山水布置围绕着人、人的生活、人的情感来布设，让观者看了有种天然温馨的归隐情结。古画谱说不要让画中人沾染市井气，要画得闲云野鹤般清气。而我画的是人居住的山水，画中人没了土味反倒不可原谅。我不想加可有可无的"乡村一日游"的闲人，人家房舍也不是琼楼玉宇，而是石屋草舍豆棚瓜架式的乡间小景，虽然乡

下一天天起着小楼，但一种怀旧情结一时还缓不过劲来。这
也就是许多画家不以界画去画楼堂馆所高层公寓摩天大楼的
原因。

由于有了可游可居的规范，画中的细节就有了婉转起伏
的依据。我很看重山水画的细节，大气磅礴的建构中不乏细
节的填充，比如郭熙、文徵明、沈周的画。眼睛在"山水"
间流盼，不时能搜寻到耐人品咂的东西，唤起生活中相似的
回味共鸣，感受到"卧游"的快意。一个故事，有了一个梗
概就直奔主题会显得很空，哪怕一个编造的故事，也应让人
感到真有那么回事，关键是细节的真实。有人说故事好编，
细节难找，中的之谈！画画何尝不是如此。细节表明了生活
的态度和观察体验的角度、深度。泛泛地勾画出山峦丘壑的
边框，就在那里以皴法符号填充，纳鞋底似的填满为止，一
看便知是语言的穷；任如何蜿蜒盘绕、嶙峋崎岖，除了表面
的符号变换其他什么也没说，恰似一段佶屈聱牙的遣词造句，
表面华丽如骈文，其实内心是空虚的。

根据写生的印象综合，我想布置一个有人生活其中的山
水环境。人在山中不断与环境发生着关系，人间烟火使山和
自然、文化景观活了起来。山东大部分山都有这种意象，所
以去攀爬行走时就注意了这种环境的"常理"：山上芙蓉葳
蕤水木清华，实际是稼穑的春华秋实。山间忙碌的人不是长
假游览的看客，而是春种秋收的山的主人。石碑、造像、古墓、
塔林就坐落在自家田头或院子里，一切"人类文化遗产"不过
是祖宗随意留下的"念想"。山深处有菜地稼禾，路远处有
牛羊踪迹。上游牛羊饮过的水正流经下游的村庄，每天早晨
去河边汲水是他们的"日课"；逢大雨，没有准备的下游山

民就只好喝山顶泻下的山洪。山民一回回向我讲着大雨山洪
冲走山沟人家的惨剧，讲着来写生的学生们上山失火的故事。
近处画画，身边狗吠鸡鸣，人家出去劳作了，家中竟无人上锁。
四周是与他们吃饭穿衣息息相关的庄稼果树；在阒无人烟的
谷底山顶，总有几畦禾苗或菜蔬提醒我注意。他们扎下的草
人像极了后现代装置，有的是轰鸟唬兽，有的是对付深入这
里的游人。杏树梨树下写着"树下有地炮"的牌子则专是对
我这类钻山沟者的警示。他们很无奈——不能让即将到口的
收成被好事者一把把薅了去。山里有狼有獾有狐狸有山雉出
没。在四周静得耳朵发蒙的深山写生也常常有人挑了水桶或
负了锄头篮子从这里走过，他们闷声不语，一步一个石阶"的
的"地从远处走来，冲我笑笑，看看我的画，抬头找找我画
中的山，就又"的的"地踱向远处，去照应那几畦糊口的禾苗。
这是多么生动鲜活的人与自然的组合，比单独围成旅游点的
山景生动多了。这是"靠山吃山靠水吃水"的人生存的依托，
而那些山，机巧，装扮，作秀，妩媚得像个巨大的盆景。

　　"一望二三里，烟村四五家。门前六七树，八九十枝花"
是孩子数字的启蒙幼词，短短二十个字，有声有色，有景有情，
差点盖过了陶渊明等人写下的情怀和境界。这绝对是中国山
水画中"以大观小"的视角，也是现代电影"推"镜头的绝
妙运用，一种可望可即的逶迤波折引人身临其境，拉近了人
和自然、和人家的距离，顿生亲昵的归属感。

　　写生时手有盘桓，心无旁骛，画的倒能传达物象之
万一，但转译为宣纸的山水画，中间要过滤掉不少东西，看来，
写生与创作的矛盾依然存在。不写生不行，画像临摹或作旧的
古画，久之闭门造"山"坐吃山空；全指望写生毕竟难以成画，

风景如画但画绝不如风景，最终像一个从未抹过中国画的外国人画的水墨。董其昌说过："以蹊径之奇怪论，则画不如山水；以笔墨之精妙论，则山水绝不如画。"道出了其中的奥妙，即再精妙的山水也须有笔墨语言的转换。笔墨即是习惯形成的几乎经久不变的规则，并且已经成为绘制、鉴赏与品评的规矩。只有大家掌握并突破了时代的技术难度，不再玩味于"规矩"，旧规则成为时代表现、欣赏的障碍，才有人出来变革。变革不是革命，是改良，不宜重起炉灶，必须有传统的承续，在原有基础上稍进那么一点点，大家才感觉妙极了，又不失老汤的余韵。由临摹入写生，再由写生验证临摹，并由二者入创作，当然是理想的途径。传统中的写生与臆造是有一定比例的，写生的东西太多，冲淡了旧有的规范不行。有些规矩仍有规范、规律的经典意义，破之需谨慎。

　　早在 20 世纪三四十年代，赵望云等人就提倡写生了，但限于写生写实的限制，失却了传统应有的美感，留下的经验少教训多，未能画出。其后的画家大幅度地沿着写生之路走下来，真就画出了现代山水画的样式。关山月画《绿色长城》，钱松嵒画《锦绣江南鱼米乡》，李可染画好看但难入画的桂林山水，都是步子迈得很大画得很好的画家。他们把写生用活了，有自己的生活积淀、心理依据和独特语言，说的是自己的眼光和观点，讲了现代的故事并有传统的语法。其他模仿者追随当下诸位大都成为"影子画家"，有个很恶心的词叫"拾人牙慧"。他们没有传统的必要继承，又缺少写生的底气和能力，只有违背自然的模仿；偶有写生也未能去掉草稿味，半生不熟。尊重传统的写生，正是校正这类弊病的良药。描绘自然，应有自然的画格。自然是大千世界存在的天然品类，也是经过心灵抒写流露出的天然品性。许多矫饰、做作的东西不免流于行画。好的艺术，就像是天然地存在在那里，把写生融化于传统，实景、实情有，老汤的醇味有，自己的观点有，独特的处理有，一切看上去自然天成。我非常佩服石涛，他让常人不屑表现的景致也能成"画"，把"山水"画成了"风景"，文气十足。沈周一套《东庄图》已经几乎无山无水了，仍有浓郁的书卷气。书卷气和山野乡风结合，文气、土气扑面而来，隽永而清新。不就是写生与传统积淀的完美结合吗？王履、梅清虽曰写生，其实是经过了很大幅度的整理归类的。不能拿写生的稿子当作品示人，就像舞蹈演员不给人看台下练功的艰辛只展露台前的精彩。现代电影把许多拍摄的失误放在末尾，冲淡了电影带来的震撼，不能当"正片"播映，只算"片花"，不过是一种观念的展示。

　　我的写生多是实景描摹，任凭现场大幅度剪裁，回头看看还是素材，没有"跳出三界外"的超脱豁达，看似完整实则半截拉块。现场的实物描摹要成为山水画，还须经过宋元山水的濡染。这方面我做得很差，暂时只不过是速写与水墨的简单转换。

　　写生与创作的矛盾在中国画表现得最为突出，因为它有物象与画之间的抽象意味的语言转换。这个主观性极强的东西不是一人一天一代解决得了的。当学生时，问及写生与实景的离合问题，老师说：一半对一半。到现在也无法掂量出孰轻孰重，未能揉捏得那么水乳交融。且让我画几天飘着人间烟火气息的山水画试试。

水墨人体，画什么

我当学生时是 1976 年，还未到画人体的年代，学工学农的遗风尚存，写生课上模特站的是丁字步，道具是步枪、手枪、红灯、提篮、提灯、安全帽、卫生箱，服装是郭建光、李铁梅、江水英、田春苗式的。是外国美术史稍稍打开了我们的眼界。我们在美术史课上接触过人体，是标准美的希腊人体雕刻作品，又在烦琐的油画中见过洛可可格调的作品，形色俱全；到安格尔画中，已经把古典的经典性发挥到了极致，他画的人体与照片无异了。我们知道，人体是圣洁的，纯美的，上帝造了完美的形和色，让画家雕刻家模仿着固定下来，重新转译给人看。但那时老师没灌输给我们形色之外，还有个色欲，这个同样是上帝赋予人的天性。读《罗丹艺术论》时，一边读着罗丹对人体美赤裸裸的赞叹，一边听着"前言""后记"中"鞭尸"意味的提醒：颓废派诗人波德莱尔"把丑恶、畸形和变态的东西加以诗化引起了罗丹的共鸣""思想上同颓废派的联系，使他不能正确辨认生活与艺术中的一切美丑现象"。四周的舆论必得努力把我们塑造成思想纯正，觉悟崇高，眼睛清澈透明，心地如一张白纸般洁净的童男童女。结论是，面对人体，你只能想到艺术，想到别的就是自己的龌龊；不能像鲁迅批评的，一见短袖子，立刻想到白臂膊，立刻想到全裸体，立刻想到……

　　大势所趋，中央美院的人体课风终于吹到了我们这里。先是，从北京请了女模特儿，在教学楼中间一个小屋里开起了人体课，老师们诡秘地从门口挂着的厚厚的布帘子中穿进穿出。那模特儿面庞姣好，身材娇小，皮肤白皙，虽是和我们音乐系的女生们差不了许多，但颇令我们刮目相看，那是专供老师们画画的操着北京口音的城市女孩。隔些日子，就见到了老师们画的素描速写、油画人体，是平生第一次见到真切的人体画。不过那时还未见过以中国画画的人体，尤其是写意画。后来，我们也画起了人体，当然是素描。画人体时，老师们找到各种理论依据，反复讲解人体美的思想内涵。先是画穿了丁字裤的男模特，在表面上找结构。画女模特时，老师又加倍地做了很深刻的思想工作，说得我们心头荡漾着强烈的艺术美和神圣感，一点儿也没往别处想。结合着解剖课画素描速写，临摹美国伯里曼的人体解剖书，才知道，要画好人体，必得一步步向内里追究，透过衣服看肌肉的起伏，透过肌肉看骨骼的构造，到最后，还得还原到活生生的人体。夏天的晚上，我们在教室里自己组织轮流当模特画人体速写，规定是画了别人也得让别人画自己。女同学一律躲回宿舍去，一是不忍看到男同学们的胴体，二是不想让自己在同学面前露光。

　　那几年，山艺的教学中始终有那么一位姑娘在给大家做着人体模特，人们可以在素描速写、工笔画、雕塑等作业中见到这位身材匀称、皮肤微黑的女孩。后来人家发奋读书学画，考取了美院，开始画别的女孩去了。渐渐地，我们对人体的神秘感消逝，以致后来熟视无睹了。休息的时候，女模特和我们坐在台子上比谁的腿粗，比谁的皮肤白。放学了，模特还不愿散去，缠着我们模仿外国电影中毕克、邱岳峰、童自荣的配音，有个女模特她自己的"刘广宁"学说得那叫"像"，整天一见我们先喊一声"当兵的——！"

后来，对人体的神秘感荡然无存，甚至不想上人体课了。人体模特翻来覆去就那么几个，且一副有奶便是娘的派头，又因为国画的勾线长项在人体上难有施展空间，相当一段时间，中国的人体画只把线条勾勒在轮廓上，中间的形体用色调皴擦或晕染，久之，自己也感到技穷，也就索然无味了。也就是在这时，人体中那点色欲肉欲，被我们的技术性过滤得所剩无几。

我从对人体的写生和人体艺术的阅读中悟出几个"取向"。一是结构意义的死记硬背。画人体的目的之一（在某个阶段是主要目的）就是画结构。当年达·芬奇他们偷来尸体自己晚上解剖时的心境也是可以这样理解的，画家面对着起伏无常的人体（男女、老幼、胖瘦、劳力者、劳心者），总想看看里面的构造，想弄明白在相似的动态中，如手臂上扬，有托举和抓举的动作，内力的肌肉究竟有什么变化，是哪几条肌肉在起作用。我觉得大学一年级的解剖课应该这样教：让学生背诵人体骨骼肌肉的名称、位置、形状、作用、关系，画出相应动态、角度的解剖图，看似机械的无艺术性可言的一步，在中国学生这里却是必要的。二是体块意义的艺用结构的理解提纯。艺用结构的意思即骨骼肌肉群形成的几何形体块，这个体块对造型起着关键的作用，直接影响着创作中对形体的处理意识。画人体的过程，有很大成分是理解、记忆、概括、组接这些体块的"榫接"关系。三是揭示自然属性的人体美感。和谐的比例，严谨的构造，温润的色泽，滑腻的质感，这些自然美的东西即使是照搬也可以成为不错的作品。四是借助人体表达对和谐、韵律美感的理解。国外许多艺术家都将之作为创作的终极追求，以期达到相当的艺术档次。五是借助人体传达一定的思想性。高级的人体艺术都把人性的理解与揭示注入作品，达到艺术性、文化性与精神性的高度统一。

曾有人质疑过水墨写意人体的目的性问题，说来不无道理——到底画什么，结构？对结构的研究应该在素描速写中完成，素描研究的是体块几何形和线条，速写研究的是动态及动态之间转换的线条韵律。在速写中，抓取各动态之间转换的线条的连贯性，这是最难的，也是很重要的。线条不仅指形体体块和轮廓的起伏，更指运动状态下线条的流动性，这更多建立在对形体的活的理解上，建立在速写能力的具备上。以局限性较强的毛笔宣纸研究结构显然舍近求远，甚至舍本逐末。笔墨？笔墨的施展天地在山水花鸟画，即使在人物画，也多在衣饰间多变的样式、质感、色彩搭配，不在人体的轮廓式勾勒。色彩？就写生写实来讲，中国画的色彩是弱项，以笔墨为语言、以白色作底的写意画基本就挤掉了色彩的位置，随类赋彩，人体只有"一类"，且这种微妙的色泽非国画颜料可以调配得令人满意。大部分色彩被中国画概括为"程式"，如花卉中的墨叶，山水中的浅绛和青绿，所有微妙的色彩在国画中均走向无奈，如天、地、水、日、月、光、繁多的红花绿树，更不必说难以捉摸的风、云、雨、雪、霜、露。倒是工笔画能多少弥补一点不足，通过罩染的深入，传达一点物象不太概念的色泽，但仍要遵循国画的些许规矩，越过得多了，就走向水彩或油画。质感？失去了色彩和细节的深入刻画，哪还敢谈质感。画一个圈，看不出是环，是纸片，是横断面还是一个球；画一个方块，看不出是纸壳、木头、石头还是豆腐。中国画，尤其是水墨写意画，决不去碰质感这个硬钉子。

我画的许多写意人体，是经过一番思考与实验的。这个"画种"是年轻的画种，前后可借鉴的东西很少。有些，就得我们自己来积累经验总结教训。对照上面说的几个"取向"，我只取"韵"吧，用水和墨，借助人体的形画出点生宣纸的意思、意蕴来。形、线、色等，都暂时放一边，只注重水墨韵味和图式的表达。我的线，不再是轮廓的描摹，我把轮廓线勾到形体中来了，线条和水同时在形中洇化。有时，还与色彩搅和在一起，在形体间糊涂邋遢。当然，这个色彩是写意的色，依然是概念的色彩，不是色彩质感的色。我还注意了水墨色块和空白的关系，是否就是"构成"了。面对模特，可以放手走线，大胆地冲化水墨，线条、墨块、空白，能从整体构图中考虑，不计较某个形的松与紧，要的是整体水墨的气氛。勾勒时，专注线的方圆变化和笔势，兼顾形的合理性。画不大，再大，墨和水就控制得不这么自如了。

2012 - 7 - 29

《水墨人体写生》/ 35x35cm 宣纸、水墨　1992
《水墨人体写生》/ 35x35cm 宣纸、水墨　1996

连环画之话

圣人说唯女子与小人难养，但以女子为主要题材的仕女画和以小人为主的童子画却很好看，画家们在画这些柳眉杏眼朱唇瘦肩细腰的女人时，一律变得低眉顺目，怜香惜玉气十足；画童子时，也一律慈眉善目爱意融融。但童子画未形成气候，倒是一种专为"小人"阅读的"小人书"在中国大行其道，蔚成一时风气。

以"小人"作冠的"小人书"在20世纪二三十年代的上海诞生，大幅度印刷走向民间，走向阅读的"小人"却是在新中国成立后。小人书学名连环画，曾用名回回画、图画书、小画书，以六十四开本为主，上图下文。"小人书"之"小"有几层意思，一是阅读多以儿童和文化水平低、及至文盲为主。新中国成立前后，中国文盲尤多，读书只能以读画为主；二是绘画样式，不大的开本上，画中人物最高四五寸，是实实在在的"小人"；三是选材，最初的脚本内容照顾到故事的通俗性，且多以儿童题材为主，便于群众喜闻乐见，过分文学性哲理性者不选。小人书在新中国美术史上曾扮演过重要角色，先是配合形势宣传政府政策政令，后用来演绎文学、电影、戏剧及其他故事，在中国文学史艺术史发展进程中，几乎所有文本故事都有一个或几个以图画故事为样式的"小人书"，再后来成为画家们表现观念、编织故事、炫耀技巧的竞技场。

　　实际上，过去中国绘画幅面并不大，除去中堂和皇室功勋表彰画，一般为展读的页子、手卷、卷轴，人物也不大；又不开展览会，多数人没有看原作的机会，画作的传播只能通过印刷，这样一来，所有书上的人也全成了"小人"。民间思维、孩子思维，他们看独幅画时，也会想象出此一瞬间前后左右的故事脉络，以连续性把它们补充完整，这也就是美术史上情节性绘画、写实性绘画样式可以持续若干年，盛行于若干国家的原因之一；他们看所有人物画，都好像在品读连环画中的一页。

　　几乎，所有的小人书脚本都是文学性素材的改编，就是说，故事是让文学牵着走的，它的发展始终接受着文学的濡养。但并不是说文学故事成了绘画的束缚，由故事引导，但不完全受其牵制；就像歌曲的作词作曲关系一样，曲由词生发，又把词意升华，最终可脱开歌词而成独立作品，甚至走向无标题音乐。这是画家脑中的另一个图画样式的故事世界，文学是一条线，画家的画是另一条线；文学只是媒介、凭借的提示，一切故事得按自己的意愿走。画家有自己的一套演员班底，有自己对环境的情景规定，所有人物活在自己设置的情境中。创作一套连环画，像在经营一场编、导、演、服、美、景等工作的系统工程，一经完成，便有脱胎换骨般的释然。好的连环画是有强烈的内在贯气性的，完全不是数件独幅画连接起来之后的结果，它有自己的"分镜头"和"蒙太奇"，选择画面、设定画面、连接环节是很有学问的；它不是插图，不是组画，有自己连续画面的"环"，这些"环"是故事凝结成画面的"关节"。连环画家的绘制也像演员的性格表演与本色表演，故事、文风决定了画风，而本人即成的画风与之有"缘分"式的对接；乡村生活经验丰富的画家，不宜接受城市题材、外国题材的脚本，洋气的画风不易去画风土人情，如果有人非要较劲，迎难而上，则可谓"性格"导演；非得让一帮小品演员喜剧演员弄出一个重大题材宏大叙事的正剧，拿昆曲演《水浒传》用秦腔唱《红楼梦》，让贺友直画一套《地球的红飘带》，强人所难，未尝不可，但，何必。

在 20 世纪七八十年代中国连环画高峰时期，中国的画家似可分为两类人，一类是画过连环画的，一类是没有画过连环画的。几乎所有能画得了人物，能顺着文字编绘故事的画家都画过连环画，包括山水花鸟画家。连环画在国、油、版、雕、壁等画种上有出色的表现，其他如年画、剪纸、玩偶、布贴等工艺装饰类表现形式，也都在这一领域施展了各自的风采。这只是一种样式，不是一个"画种"。我挺佩服游刃于连环画和独幅画之间的画家。这些画家把独幅画的绘画性、艺术性、抒情性带进连环画，在提高这一样式的艺术品位和感染力的同时，也把连环画绘制习性中的文学性、情节性、叙事性创作思维浸漫到独幅画中来。至今，这些画家的画中，仍有连环画的些许神韵。

好的连环画可脱开脚本和原著而成独立作品，好的作品可使同题材的电影戏剧逊色，好的连环画曾为戏剧影视提供演员造型、服装样式、环境道具，甚至故事氛围。这个"氛围"神秘而诡谲，非满腹经纶才华横溢参透原著者难以营造传达。见过一篇文章《从"林黛玉"不读〈红楼梦〉说起》，说一帮《红楼梦》演员多少"钗"，被问及读没读过小说时，她们莞尔一笑："嘻嘻，看过小人书！""小人书"怎么啦！果真如此，也该为这些演员鼓劲加油了。《红楼梦》小说"画外音"太多，"氛围"极难营造，任何影像形象化作品难以传达万一，所有对其他影像化图像化演绎均差强人意，也就不必苛求连环画了。

陈丹青曾给贺友直写信这样说，1949 年以后，中国绘画以连环画为最好，连环画之中，您又是当然的代表。现在的中国各种绘画，只见到花样越来越多，真东西，好东西，却愈见少下去。

如果把截取生活片段之一瞥的小戏叫作小品，把演绎人物命运、事件过程的剧作称为大戏，那么，美术上的独幅画可谓小品，连环画才是大戏。有时候，我真不知许多知名画家的符号式的中国画作品，和数千幅画面连缀起的故事，如《铁道游击队》《山乡巨变》等连环画作品并置一处时，该怎样掂量其价值与分量。

鲁迅曾预言，连环图画"却可以产生米开朗琪罗，达文希那样伟大的画手"。曾几何时，参加全国美展的连环画获奖作品成为最少争议的作品，使得其他独幅画相形见绌。

如果按八十年代连环画形势再走几十年，或许这"画手"会更名副其实，但这个画种突然之间停了。究其原因，一是画家挣钱的门路广了起来，"要出名，国油版；要挣钱，年连宣"的局面被打破，吭哧吭哧地在那里抠几百张画所挣得的钱，显然不如在宣纸上编一个水墨小品来得快，来得爽，来得划算，来得名利双收。二是港台影视剧冲进，粗制滥造却又极具观赏效果的图像，很快化为纸质版印刷刊行，画家们开始以同样的态度制作连环画；据说，曾有画家创造过一天画 40 多张连环画的记录。三是可看的东西多了起来，吸引人的图像多了起来，连成"环"的画毕竟是死的，录像中的人再模糊也是活的。曾记否，不管城市乡村，满世界乒乒乓乓的武打声把一批视觉饥饿的少男少女们引进了录像厅，谁还看死的图像。四是，日本卡通、美国漫画泛滥，把另一种连环画样式推给了少年儿童，短时间引起视觉愉悦的东西很快被消化吸收，自然把那种严谨的东西排斥在外了。

过去连环画家们要深入生活，要写生，现在，谁还费那个傻劲！时间就是效率，就是金钱；即便是独幅画家创作，也没有几人去深入生活了。一批画家搁笔了，中央美院新上的连环画专业下马了。事后曾有人扼腕唏嘘，如果这个专业再坚持那么几年，与后来兴起的"动漫"结合起来，或许会生成中国的一个特殊的艺术新生命。

其实很怀念那一批画小人书的人、那一批小人书和那个读小人书的时代。

如今，连环画成了一种"现象"，诸多经典以大开本重新印刷，进入真正喜好的收藏者研究者手中。新创作作品未能达到"贯气"，甚至图文并茂，画法也惨不忍睹，似乎在苟延残喘中苟活。重版的连环画越来越大了，但终究画面仍是不足数寸的"小人"。因为从创作到展览到出版，它讲故事的画幅就那么大，似乎在历史向前推进的行程中，一切活动于历史间的人和物，都该是"丈山尺树寸马分人"意义的"小人"。

2017 - 2 - 16

《大浪淘沙》插图 / 38x53cm　图画纸、水彩　2000

《红高粱》连环画封面 / 18x25cm　图画纸、水彩　2000

插图的闲言碎语

好像是马尔克斯说过，作家的前六本书都是自传。这样说来，每篇小说中也必有一份作者本人的生活情境。而我，在用画去演绎这个故事的时候，也就无形中加进了许多个人的影子。如果我也有着和作者一样相似的经历，熟悉小说中的人和事，画起来顺理成章；如果没有，则可挖掘自己的生活经验，来丰富陌生的生活，试图再现小说意境。

我小时候读书，是从看画开始的。后来读小说，也首先翻翻有没有插图，是什么样的插图。好的插图能勾引着读进去，渐渐地，文字和画的意境合而为一，在脑中形成一种境界，共同左右着阅读的趣味；坏的插图则如硌牙的沙子，破坏阅读的心情。我在童年少年的阅读中是看到不少优秀的文字和图画的——这在孩子心中会形成一种印记——久之，在脑海中便建立起一个图画、一个优秀图画的存储世界，所以到后来看画，一经入眼，便知画的深浅。

我国书籍重文图并茂，有"图书"一说，尤以文学类书为甚，密匝匝的通篇文字中出现一块"空地"，然后有一帧精美的插图铺展其中，恰如呼吸的调节，令人在阅读中有了喘息的"气口"。

以画来对接文字是最难的，就像人说的一千个人眼中就有一千个哈姆雷特一样，你凭什么让人家接受你为千万个读者框定的形象和气氛？我一直不敢看带插图的《红楼梦》也是为此。插图插在文字关节处以令读者注意，也为读者提神，就见出了图画作者的高妙。要懂得文字意思，知道作者设下的环扣，紧要处予以"点睛"；小说像"连环画"，插图像"幻灯"。好的插图必得吃透文字的原意，准确反射出作品的人物、故事、情境、氛围、乃至文风和作者性情，远不是均匀地随意翻开几页，看看上下文字的关联插笔就画那么简单；插图要插得有修养、有格调、有文化，是另一个与文字平行意义的存在。插图与文字若即若离，不可像看图识字般贴得太近，也不可信马由缰离得太远；文字对于插图是一个限制，又是一个启发，插图看似对文字的情景再现，实则是调动生活积累的再度创造，它应该像冰山之一角，透过它，能感受到文字后面的深沉存在。我脑海中常常会泛起那些经典插图的记忆，不惟技术，尤其看重意境。这又如为歌词作曲，好的歌曲使歌声流传久远，甚至脱开唱词而可单独存在，优美的旋律依附于好的歌词又不是附庸。所以有人说，小说和插图在沉睡一段时间后要各自独立，插图终将要脱开文字的佑护或束缚走向自己应待的处所，像陈洪绶的《水浒叶子》《西厢记》插图，它们从文学史走进了美术史，这就提醒画家，注意插画心态，注意手下功夫，不可小觑，不可懈怠。

聪明的编辑老师都会要求插图的"搭"，"搭"就是联结、支撑、和谐、协作，虽是一个字，做到却很难。不能用自己惯用的一种画法应付所有文字的内容、情景、氛围、文风。演员的脸是自己的，但是不能用这张"脸"演绎所有人物，人家看的是"性格"而非"本色"。

我作插图时力求画风与文风的"搭"，不知"搭"上了没有。

2016 - 2 - 4 / 腊月廿六，是日立春

"红色年代"的中国人物画

没有哪个画种比中国人物画更明显地体现着那个"红色年代"的特征，无论从内容到形式，都敏感地反射着那个特定时期的政治倾向和艺术追求。绘画为政治服务，为工农兵服务，表现现实题材，表现身边的人物、事件，塑造典型环境中的典型性格、典型形象是那个时代的特色，并由之带来了表现语言的革命。

实际上，这种意向在延安那个时候就显露出来，专家们讨论"红色美术"是从 1942 年 5 月 23 日毛泽东发表《在延安文艺座谈会上的讲话》为起点的。在今天，每年的 5 月 23 日纪念《讲话》发表多少周年，七一建党纪念日、抗战胜利日、八一建军节、国庆节等重要节日，我们每每还要翻捡那些尘封的作品以示纪念，还要举办大型美展或其他文艺活动，便证明了它们在中国文艺史上的分量。只是那时候解放区的艺术家画不出中国画，也很少画油画，漫山遍野的梨树倒为延安的木刻提供了得天独厚的物质条件，几乎所有的美术家都来刻木刻了。于是，解放区木刻成了中国版画史上一个特殊的文化现象，那种粗率质朴、直刀冲向木板刻去以表达心潮涌动的精神和接近艺术原本真意的率性，甚至形成了中国创作版画的一个高峰，比后来的模仿复制性版画不知要高出多少倍。中国的"新年画"也发轫于那个年代，即由"延安鲁艺术刻工作团"于1940年开展的"笔杆子必须赶得上枪杆子"的"新年画运动"，《学文化》《改造二流子》《丰衣足食图》《组织起来》等一大批年画及时地反映了当时群众的生活，鼓舞了人民的斗志，发挥了巨大的作用。艺术上的粗糙当然影响艺术性的隽永，影响艺术深度和穿透力、辐射力的强度，但有着后人无法企及的高度，那就是精神性。文学也是如此，赵树理、丁玲、孙犁等人的作品，历史地看去，时间掩去了图解的光环，留下的是我们可以从特定角度去品咂的历史味道。周立波、柳青、梁斌、杨沫的作品也如此，甚至以情节取胜的《林海雪原》也有一定的可供品评的情绪、氛围、技巧和历史感。而"重新演绎"的电影《举起手来》、国画《玫瑰色的回忆》等却难有规定的心绪和氛围，一如现代人造的佛像，意识中有的只是满脑子历代佛像、雕像图谱，是一大堆环境、材料、工期、工钱等技术性、人事问题，全然没有了那种由心底升起的宗教感、神秘感、道德意识、报应思想、轮回观念，无论你的雕像是否类似魏晋唐宋，无论作怎样的"现代诠释"，无论制作怎样精致，造出的佛像往"清"里说是材料、技术、风格，往"浊"里说是工钱、商业、旅游。凭亲身经历直接创作，凭情感、生活、创作的冲动，和凭间接生活，凭资料、兴趣，有时是任务或者说只是"揽活"，不是一回事。从另一个不关疼痒的角度去看历史，难以体会真实的情感，难免不"重新诠释""戏说""演绎"，所掌握的资料少，不完整，只好断章取义，更没有情感的注入。那些旧故事中的人物是当时的"政策符号"，而今天演绎的人物却是借助历史环境和事件弄出的"现代符号"，从艺术品距原事件相去的年代看，旧作更接近真实。蒋兆和的经历和功力决定他要在那个年代做成那样一件事：以西画（素描）的造型观念、画法，对身边的下层人物写生，然后把写生以一张《流民图》给以总结。同时代还有许多相似的画家，他们的兴趣决定了立足点不同、能力不同，也决定了历史地位的不同。用中国画工具对人写生非蒋兆和不可，历史走到这时候必须出现这样一个人物。对现实人物写生，看到的是真实的造型，体现的是体感、色感、质感、光影和色彩，是身边人物实实在在的可以交流的情感。这些在以墨为主、白纸为底的中国绘画中达到成熟是很艰难的。若以传统规矩和人们观念中固有的"骨法用笔""气韵生动"等去规定，则更难，像文徵明早就感叹的，"盖画至人物，辄欲穷似，则笔墨不暇计也"。但美术院校引进中国后迟早要走这一步，迟早要出现蒋兆和——以传统工具、借用西法、生硬地描绘当代人物的可视效果的蒋兆和。

　　新中国刚刚成立的 1949 年 11 月，党中央有感于人民精神生活的贫乏，有感于旧意识、旧样式对民众思想的消极影响，特别是旧形式与新内容、新形势的不和谐，决心在美术界率先进行新形势的宣传、新思想的普及和旧样式的改造，特授权文化部发布了"关于开展新年画工作的指示"，这是继抗战后期的三大战役之后复又燃起的延安新年画运动之火的延续或漫延。在党的号召下，全国众多有造型能力的画家以饱满的政治热情投入到了创作之中。油画家、国画家和其他具备人物画、山水画、花鸟画创作能力的画家都相继创作了一大批新年画作品，有力地配合了党的政策法规的普及与落实。新年画画了很多旧画种从未画过的东西（有些花鸟是宋代探索的延续），后来，许多中国画家不再满足于"迎合"民众艳俗心理，改画写意或纯工笔样式的中国画，在内容上，仍贴近大众的吉

祥喜庆心理和蒸蒸日上的社会形势。新年画一改旧日门神、
灶爷、旧戏人物主角，代之以工农兵形象和现实题材。这一"运
动"的结果，是延续并确立了延安文艺为工农兵服务的方向，
将这一方向持续到"文革"结束；改造了一大批旧文人画家，
让他们在新中国成立之初就把创作重心调整到党的文艺方向
上来；凝聚起"左联"、延安鲁艺及其他领域的艺术家，使
他们明确了文艺方向；把绘画的基本格调确立为通俗性文化，
为广大群众服务并配合党的政策方针，让绘画成为革命事业
的齿轮和螺丝钉。在艺术上确立为主题性创作，格调以明快、
歌颂、欢乐、吉祥为主；全民性的人物造型实验，在单人造型、
群像组合造型、人物景融合等方面取得长足的突破，人物之
间形成共有的具有向心力凝聚力的形，群像式构图模式，画
面构成饱满，宏大场景模式，造型上有素描参与的形的准确
性，符合解剖、透视等西画规则，色彩上有中国工笔画风神，
更借鉴了西画的色彩结构和色调关系，达到了通俗性、世俗
性、生活化和艺术性的统一。这一系列模式直接影响了"文革"
时期的中国画、油画、版画等的创作走向。

　　20 世纪五六十年代是现代人物画继蒋兆和之后的第一个
高峰期。延安时期对现实生活的描绘，年画经验的积累，大
型历史油画的启发（有些画家甚至参与了历史画的创作），
苏联绘画的大规模介绍，外派学生赴前苏联和前苏联专家来
华讲学举办展览，部分西画创作人员转向国画等诸多因素，
无疑刺激了中国绘画向写实性、主题性发展。苏式模式一时
间成为主流，许多中国画家甚至觉得这是现实主义写实主义
绘画创作的唯一样式。"文革"前，中国人物画在表现当代
人物方面取得长足进展，积累了不少经验，当与这种大规模

的创作提倡有关。

这种"主题性创作"的风气直接影响到 20 世纪五六十年代的中国画，以致形成了一种模式，即"创作"模式，因此有了习作、创作的区别，有了"作品"的定势（这种定势的影响至今不衰）。石鲁的《古长城外》、周昌谷的《两个羊羔》、汤文选的《说什么我也要入社》、黄胄的《洪荒风雪》、王盛烈的《八女投江》、杨之光的《雪夜送饭》、方增先的《粒粒皆辛苦》《说红书》、刘文西的《支书和老农》《祖孙四代》、卢沉的《机车大夫》、姚友多的《新队长》，还有叶浅予、程十发、姜燕、李斛、宗其香、李琦、李震坚等人的作品，均有明确的符合形势的主题思想，从生活中得来的个性形象，符合真实的生活情节，可供分析的构图形式和人物组合关系，苦心经营的笔墨塑造，考究的色彩、水墨晕染或填充。整个五六十年代的中国人物画在"创作"中前进。这种创作是中国画的"长期作业"，作者有精力去经营画面各个要素，诸如构思、情节、构图、造型、组合、色彩、笔墨，推敲各要素之间的关系，这在旧日的中国人物画中是没有的，与传统人物画较少环境描绘，只画大片空白和少许道具的特点大相径庭。现代人物画可称为"全因素创作"，相较于过去，甚至蒋兆和，也是一个了不起的进步。

"文革"初期的几年，中国画家均束手搁笔，尤其是写意人物画坛。一种"报头美术"、大字报美术、漫画时兴，少有的几张画，如 1967 年 4 月中央美院、人民美术出版社等几个组织主办的《美术战报》创刊号封面上粗笔线描，5 月 2 日第二期封面上的工笔"样板戏"造型，1967 年 11 月王为政画的《炮打司令部》，还有创作时间和作者都难以查证的《我们心中最红最红的红太阳毛主席和我们在一起》《革命红灯照亮舞台》等，虽运用了中国画的手法，但笔墨、线条都拘谨、僵硬，难有探索成效。中国人物画的探索潜入地下，潜入到画家心中的创作酝酿和积蓄。某些画家把中国画的感情转移到了其他画种，如1970年刘旦宅等人的线描连环画《智取威虎山》。1968年方增先曾经画过一张《唤起工农千百万》，虽是油画，但用的是薄涂画法，黑色和调色油结合运用，勾线、用"墨"均有国画效果。对此，王名贤、严善錞的《新中国美术图史》这样说，"这里，我们不得不做出这样的设想，如果江青对于中西方美术史有足够的知识——就像她对于中西方戏剧那样，那么，她很有可能对方增先的这幅'古为今用，洋为中用'的油画赞赏不已，也很可能将其树为美术界的'样板画'，大力推广。那样，整个'文革'绘画就将完全是另一个面貌"。

稍稍"解冻"是在1972年。纪念毛泽东同志《在延安文艺座谈会上的讲话》发表30周年全国美展在京举办，周恩来总理在1971年2月11日接见出版部门部分负责人时指出青少年没有书看的问题，要求尽快恢复连环画的编创出版。画家中许多人运用中国画样式参与了连环画的创作，东北画家的《白求恩在中国》和徐恒瑜的写意水墨《水牢仇》即出现在这个时候。人物画家积蓄于心中的创作能量得以少许释放，杨之光的《矿山新兵》，赵志华、单应桂、王晋元合作的《铁索桥畔》，署名陕西省美术创作组的《延安新春》等在画展亮相。

杨之光的《矿山新兵》是此次画展中影响较大的作品，我私下认为是杨之光最好的画。作品中人物形象俊美，在新当上"矿山新兵"的时候，刚穿好矿工装，正兴致勃勃地系矿工帽，女工形象画得英姿飒爽，精神抖擞，青春洋溢；画面摆脱了当时大量使用暖色的通病，大胆运用了墨色，只在领口袖口处露出内便装的方格红衣，这是一笔艳丽而醒目的点缀，浓重的墨色掩饰不住女工内心爱美的天性。面部和手的勾勒、点染十分小心，线的粗细与墨的渲染，依照结构和光线，被谨慎地推敲施加；面部的墨色塑造和色彩晕染掌握得十分到位，清新细润，这种对美的刻画在当时是吸引人的要素之一。衣纹勾勒中，有杨之光以往绘画中写意的速度与韵味，又有工笔的考究，线的点顿、转折、勾与皴的结合等，都掌控得令人叫绝。在肩部、上臂、腰部、臀部，巧妙地留出空白，以显示光感，西画中强调的明暗交界线，被重墨浓点染，与空白形成较强的对比，转向形体内的墨色则走向含混。在一片黑色中，画家不是以一团毫无道理的墨色应付填充、涂刷，而是有结构的塑造和质感的暗示，胸廓上下有起伏，手臂下部居然还有反光，应该说，在当时中国画都在向西画汲取表现方法的环境下，这张画做得恰到好处又无以复加。为突出环境，画家画了竹竿搭起的工棚和芭蕉树，用笔明显有传统花鸟画的韵味；工棚画得"言简意赅"，表明女工"亦工亦农"的身份。小喇叭是矿厂的标志，远处是充满生机的矿山，一层中性灰墨画成的树，让人物与远景有了墨色的衔接。下面有男女工人在看壁报，有简易的井架和正在驶过的火车，井架上"自力更生，艰苦奋斗"的标语带有那个时候特有的气氛，肖像画构图又结合透视、环境的刻画使人物身份、环境等有了弦外之音。画面构图简洁，色彩清新，水墨味十足，有一种天然的朝气蓬勃感。

亢佐田的工笔画《红太阳光辉暖万代》画的是"文革"中常见的"忆苦思甜"场面，它突破一般的"忆苦"情节，取"思甜"入画，以光明色调统筹画面。窗外阳光明媚，杏花盛开；室内，老大娘正抻着新衣袖叙说着新社会的"甜"。桌边放着要饭的破篮破瓢，学生身边有课后劳动的道具（在另一幅作品《花红苗壮》中，作者画了相同的人物在课后劳动、出墙报，两画的人物形象、俯视视角角度等，皆可一一对应，堪称"姊妹篇"，饶有趣味）。观看的视角是一般的视角，和学生课桌几近平视，构图自然，细节处理极见情感，老师和小学生形象朴实，满面温暖神色，阳光从窗口透进，人物和环境满是光感。画面技巧内在含蓄，画风质朴，色调明朗，给人以清爽温馨的感觉。

《铁索桥畔》画中有少数民族优美的形象，有大幅度的透视关系，有清丽的山水画面。画家选择的视点很重要，我们像是被引领到桥上，与画中人物一起观看火车驶过涵洞与隧道，在群山中穿行。取材是巧妙的。毛泽东《长征》诗中的"铁索桥"是一种寒冷凛冽的形象，是整个长征艰苦卓绝历程中凌厉氛围的总结，但今天的铁索桥却被画得温馨、昂扬，抒情味十足。人物呈三三两两站立，显得散漫随意，正见出了作者设计人物造型时的用心，像是随意从生活中抓取的形象，更反映出时代巨变的意义。人物造型有雕塑般的轮廓美感，也有肖像画对人物刻画的细微深度；有稳定的形态，也有瞬间动态的表现，观看时唤起饶有趣味的心理感应。手搭在铁索桥上的孩子是群像中的"出梢"，一则打破了铁索桥僵直的黑线，二则使画面有了生机。彝族服装在此时反映出特有的效果，笔墨的痛快淋漓，加上色彩的晕染冲破，充分发挥出宣纸的韵味。这张画的山水部分占了很大比重，应该是借景抒情的整体构思所决定的，不把景物表现得如此充分，就不能表现时代的

变迁。铁索桥的铁索是浓重的墨色，虽是一条线，但起到了
"承重"连贯的作用，把透视线引向远方，连接起观众的联系，
令人遐想。水是这幅画的重要的"副笔"，画出质感，画出距离，
画出浩渺，不能贴在桥上推不过去，这与传统对比是一个难点，
画家们用虚笔的皴染笔触画出，又以空白的表现水气和烟雾，
造成浩渺的意境，冷色的运用更加强了空气透视的距离感。

1973 年的全国连环画中国画展览中又出现了好多优秀作
品，一批新颖的中国画彻底刷新了中国人物画的形象，形成
新中国成立后中国人物画的第二个高峰期。

山东工人画家王洪涛的《喜听原油滚滚流》是从侧面表
现石油工人的佳作，这张画的好处是"巧"，用石油女工在"采
油树"前听仪器内石油涌动的情节，间接歌颂了石油工人。
画了女工，画了沾有雪片的棉衣和大皮帽子，暗示了位于北
方的油田位置。就石油来讲，在新中国成立之初建立了油田
的石油工人是国家的功臣，他们为百废待兴的新中国吃了一
颗"定心丸"，使年轻的共和国有了"润滑剂"和前进的动
力。作品中采油树的构造当是不成问题的，外行人看不出毛
病。作者是石油工人，能写生一个机器构造是能令人信服的。
这张画画得很"喜相"，女工侧耳细听、又会心一笑的表情
给人以难以言说的美感，工作服的质感和雪天的气氛渲染也
很独到。据说这张画是经过专业美术工作者插手润色的，执
笔者是山东美术馆的画家朱学达。那时候，由工农兵出构思
出题材，专业美术家出技巧是常有的事。

正面描绘石油工人的画则有赵志田的《大庆工人无冬天》，
画的是当年石油会战期间王进喜带领工人钻井队钻井的情景，
画的也是冬天，看来地处中国北疆的极端气候是石油工人深

刻的记忆，也为画家表现鏖战中不停息地为祖国开采石油的工人提供了营造氛围的前提。这里有以往从未表现过的东西，比如钻井的平台、井架，工人手中擎着的"卡瓦"，风雪，井架上的冰凌，口中呼出的哈气，石油工人油乎乎的棉衣、皮帽等，每一样东西对中国画的表现力都是一种考验。国画家们在新的题材面前知难而进，让传统的工具材料生发新的技巧，达到新的效果。他们借助西画的写实技巧，利用光线、色彩等元素，去掉更多的光影明暗，强调线的书写性、墨的点臮，重视色彩的固有色特点，又加进色与墨的融合渗破，色彩的塑造等，在形体、质感、画面效果、自然气象等方面做了长足的探索努力，向新时代交出了一份满意的答卷。

有画家画大庆，就有画家画大寨。王迎春、杨力舟两人创作的两件作品《挖山不止》和《如今管地又管天》出现在画展上，都是表现大寨题材的。前者取自"愚公移山"的典故。中国人大力学习"愚公精神"是在"文革"期间普及学习"老三篇"那几年，那时中国共产党人在工农兵行业中树立了三个典型，即"工业学大庆，农业学大寨，全国学人民解放军"，解放军初期学"南京路上好八连"，后来成泛指。大寨的典型意义非同小可。中国是农业国，新中国成立初期几亿人的吃饭问题是个大问题，现在提倡退耕还林，退耕还湖、还山、还坡，在许多地方种树种草，那时是不行的。新中国成立初期耕地面积少，地力薄，无化肥、无良种、无农药，难以抵御病虫害和旱涝等自然灾害。有首歌《毛主席是咱社里人》，歌词有"春耕夏锄全想到，防旱排涝挂在心，八字宪法亲手定，丰产的道路细指引"，表明了领袖对农业事无巨细的关注和用心。山西省昔阳县大寨大队在支部书记陈永贵的带动下，

用"愚公移山"的精神，连年治理荒山，开垦土地，自力更
生开出"七沟八梁一面坡"之良田，为全国人民树立了榜样。
《挖山不止》画的就是陈永贵带领大家在漫天风雪中开垦荒山、
建造梯田的情景。画面的构图可以说是没有先例的，把主要
人物拉到最前面，选取或者设计的动态是正在用镢头劈下山
石的一瞬间，山石正在被砸下，由身后的青年人撬下悬崖。
陈永贵满脸是豪迈的"乐观主义"表情，一副"与天斗其乐
无穷"的神态；还是那身头巾裹头的打扮，还是那身破旧的
棉衣。这又是一个风雪天，那时候经常画这种恶劣天气中人
民战天斗地的场景。风雪气象在古代画家那里鲜有成功的表
现范例，尤其是雪，以黑为主要语言的写意画对白色简直无
能为力，过去以空白、以明矾水、以白粉来表现，都不理想，
用填色的办法不行，只能是后加。工笔画中"吹云弹雪"可用，
但中国画颜料中的白色不好用，透明度太高，覆盖力不强，
且日后必定变色。古代的蛤粉可用，但极易脱落，且与水分
充足的现代水墨画极不搭调，画不好"腻"在一起水味全无。
在这里，画家也运用飞白"刷"了几处"风"，这虽然在画的
过程中影响笔意的贯气性，但增加了效果；青年人口中呵出
的"呵气"空得很自然，有生活依据。人物的衣服是粗布棉衣，
勾线、泼墨、积墨、晕染、皴擦等技法的运用，使得画面很
有质感。背景是一片热火朝天的治山治水工地，重新安排山
河大地的气度是那时的骄傲。远景已有了渐成的梯田了，虽
然被雪覆盖，但模糊可辨；远山上有白色"愚公移山"字样，
这是当年毛泽东引用的历史典故。这张画上西画的影子显而
易见，头上几笔线条点顿便是光线的暗示；面部形象的刻画，
结实而肖似，重颜色的光影、色彩的轻重；五官底下的重色，

都有照片的参照，空白与雪有关，也与光线有关；腋下、膝下的重墨色和身体侧面的重墨色也显然是"投影"。

他们的另一件作品《如今管地又管天》则似乎是这种艰苦卓绝斗争的结果。大寨人在山顶实现了电力灌溉，一个老农在山顶的电线杆前合上电闸，表情自信而欣喜，身后的水甘霖似的洒向了鳞次栉比的梯田。这张画没有更高的拔高粉饰，电线杆用线是简陋的，喷洒的水龙头不是自动的，细看便能发现是有人在操纵着。人物的前面有一枝松枝，遮住了老人的脚和机器，也使得画有了更深的寓意。画家的用线受方增先启发，两张画的形象塑造、手的刻画、《挖山不止》中青年人头像的染法等，都可见方增先的影子。他们二人合作过的油画《文武之道一张一弛》，是比较标准的苏式油画风格，不知为什么竟一转而成为国画家。

梁岩的《申请入党》在当时让人眼前一亮：人物这般秀美，眼神这般清澈，画面氛围这般圣洁。这当然是一个很"土"的环境，一个水利工地上工棚的夜晚：马蹄灯下，一个青年女子盘腿坐在地上，支撑着木头箱子（箱上有《共产党宣言》一书）在写入党申请书。前景的道具很简单，只是一个挑土的扁担和提篮。人物动态也不复杂，衣着朴素，动作天然，画面何以散发着如此神圣洁净的气息？在于作者包括时代对这一行为的笃信。那时的社会和青年人仍保持着中国共产党产生初期时，这一组织和她所推崇的主义的延续。我是从那个世道过来的，主体舆论对共产主义思想信念的鼓动，让我们在最需要建立世界观的年龄首先被确立，周围许多共产党员不断以自身实际行动向我们证明着这一信念在实际人群中的渗透，雷锋、王杰、欧阳海、刘英俊、麦贤德、王世栋、蔡永祥、胡业桃、金训华、李文忠等，以他们对共产主义信念践行的举动，为人们做着榜样。我那时没碰到过诸如大水、大火、惊马之类的突发事件，若有，也必会挺身向前去模仿他们，就像黄继光模仿《普通一兵》中的英雄马特洛索夫。所以，在提及"入党"这个行为、这个词汇的时候，心中涌起的神圣是纯真与高尚的，完全没有投机、当官、发财、在单位管人等思想，就是把自身相许为一个高尚的组织和一个高尚的信念。我为我没在那个时代提出入党申请为遗憾，因为这时我仅十四岁。

我料定，作者并没有西方绘画经验或宗教式对光的崇拜意念，只是那时中国画向西画学习意识的自觉。悬在人物左侧上方的提灯，把一片和煦的光普照在人物面庞，于是人物面部留出了空白高光，面部色彩呈现出温润柔和的色泽，这在当时的写意人物画是一个突破，近乎没骨法的面部敷色在生宣纸上。要获得这样滋润实属不易（面部色泽温润，不乏少女面庞的动人，在满是横眉立目的时代形象中，出现一个柔弱、温情，甚至有点娇媚的形象，在当时是很"出格"的）。而光在这里显然是一个寓意，它把此时此刻人物的神情、行为与内心激越澎湃的心潮涌动，恰当地统一笼罩；光感越是平静安详，人物内心世界的揭示就越加含蓄内敛，画面就越加静穆圣洁。一种内在的对比把这件作品的格调凸显无疑。一种庄重肃穆的气氛笼罩画面，大抵也笼罩着作者和观众的心。这是时代于那个瞬间的际会。这张画更多地借鉴了写意花鸟画的画法，上衣线的勾勒概括而"完形"，水墨和色直接泼出，有淋漓畅快的笔触快意。工具箱和前景的扁担、挑筐，以墨和色，更显出水墨花鸟画的点乱笔意；由于时代所限，并不十分熟练的水墨画用笔、用墨、用色，在这里显得生涩凝重，反而契合了作品所规定的意境。天时地利人和，他把各因素交织而成的"创作"凝结点，定格在了那个时期、那张画中。

周思聪画了《长白青松》。周思聪没有在长白山当知青的经历，这张画的来源当是她从学校、从老师的角度对这一题材的体验。两个早已走出校门的学生，抱了两株长白山的青松树苗来母校看望老师，衣着是东北特有的近乎夸张的棉衣，两个女孩子早已在长白山建设兵团当上了战士，显得那样朴实、敦壮，面部形象的选取刻画，是朴素大方而健美的，完全不是后来许多人物画向唯美方向偏离的倾向。那时形象的选择一定要追求"典型性"，唯恐带一点妖冶，若有少许优美秀气，便被认为是色欲的、不健康的情绪追求，但人物形象决不丑。两个女孩显然有了几分东北女人的健硕，黄绿色的军装不和谐地穿在身上，倒衬出两人风尘仆仆落落大方的气质。老师对这两位"不速之客"表现了几分意外，但谦和的表情却是动人的。老师被塑造成了两鬓斑白、面容清癯的形象，一件外套披在外面，显出几分职业习惯；门外一群师弟师妹好奇地看着眼前的一幕。这张画用了几个对比元素，使作品有种异样的美感。先是两个穿大棉衣的女孩突兀地站在学校办公室中央，棉衣棉帽与周匝环境显得极不和谐。再是两个兵团战士和老师的对比，一个粗犷，一个文静。然后是往届毕业生与门外小学生的对比，这里似乎画出了岁月感，为老师的资历和身份做了最好的无形的诠释。矛盾冲突构成了画面的特异性"画眼"，还有两株与这个环境极不协调的松树苗，它们被实实地环抱在女孩胸前，使得这个冲突加剧起来，松树苗无声地诉说着两个已经毕业学生在边疆的经历与成果，又构成了这幅画的另一个"画眼"。"文革"中的人物画，其实是延续了苏联的巡回展览画派的体系，即情节性绘画。在中国画还刚刚进入新中国、初踏现代之路起初，共和国也需要故事的情节性，通过一个静止的画面能寓示出这一瞬间前后的故事，用特殊的道具、情节让人联想，补充起完整的事件。在这里，画家就是想通过这几个"特异"的形象，连接起一个遥远的时间和空间故事。周思聪爱画孩子，这时期她画过许多速写，笔法接近黄胄。这些形象和写生的积累，也出现在此阶段前后的作品中。《山乡新路》，是描绘两个山区的孩子为修路工人送水的情景，一个巨大的压路机和两个娇小的孩子构成了引人注目的对比情节，一个仰视的孩子的脸，把精致的五官画得清纯如水，侧面轮廓线在腮下稍稍突出，显得稚嫩丰满。1976 年唐山地震后，她又画了《地震小学》一画，仍是以孩子为主体的创作，不知这张画有无生活的依据。再后来，全国的美术创作环境开始变化，紧张的主题性创作渐渐被轻松随意的小品画代替，国画家尤其喜欢以水墨画小品。周思聪把画孩子的体验用在了小品画中，她创作了一大批少数民族孩子的小品画，加上南国的芭蕉枇杷，形成那时节小品画中的一个流行样式。她有一方"思聪日课"的印章，每天都在以小品画探索表现的可能性，实验笔墨与宣纸碰撞所出现的效果，这一探索为她后来的创作打下了坚实雄厚的笔墨基础。

　　1970 年，国家曾提倡过大唱《国际歌》《三大纪律八项注意》两首革命歌曲，大约同时发表了毛主席的语录："锦州那个地方出苹果，辽西战役的时候，正是秋天，老百姓家里很多苹果，我们战士一个都不去拿。我看了那个消息很感动。在这个问题上，战士们自觉地认为：不吃苹果是高尚的，而吃了是很卑鄙的，因为这是人民的苹果。我们的纪律就建筑在这个自觉性上边。这是我们党的领导和教育的结果。人是要有一点精神的，无产阶级的革命精神就是由这里头出来的。"（《艰苦奋斗是我们的政治本色》1956 年 11 月 15 日，《毛泽东文集》第 7 卷，人民出版社 1999 年版，第 1162 页）画家、雕塑家唐大禧画了《人民的苹果》，冯远画了连环画《苹果树下》，都是在诠释毛主席的这段话。唐大禧的画面紧扣毛主席的话，他让一个妇女抱着孩子给参加辽沈战役的战士捧上苹果，战士正匆匆进城（或出城），只是笑着抚摸一下孩子的头，仍在迈着铿锵的步子向前行进。后面有老乡们送来苹果，战士们依然摆手谢绝；第二个战士身后，有个"小八路"模样的孩子抱着一个盛满苹果的篮子，正随着部队行走着。但这个孩子不是战士，而是一个爱军人打扮的孩子，那显然是还穿着抗日服装的"儿童团"。画面有一个行军的队列，画家只以前面战士做"出梢"，做主要人物介绍，队列隐藏在透视原理中，更显得浩荡。这在以往的绘画中是不多见的。战士被画得浓眉、细眼，憨厚可爱，身材魁伟，体格健壮，走得虎虎生风，似能听到"脚踏着祖国的大地"发出的咚咚足音。作者是一位雕塑家，他在处理人物造型时，并没有强调腿的结构，而是重外形轮廓，画得上下一般粗细，甚至脚踝部比上部还要敦壮，又在轮廓线之外加淡墨晕染烘托，加强了雕塑感，显得战士的造型很结实，但在行走动作上加进了一点不稳定的瞬间动态，让整个队列看起来像个"楔子"形。这一造型在当年青年学子中被津津乐道。为强调战士的健硕，让他扛了挺轻机枪，后面是四人抬着的重机枪。解放军在"三大战役"中已经显然壮大起来，成了攻无不克的英武之师。

抱孩子的大嫂则加强了优美的元素，她打扮得精致、干净，头发梳得油光可鉴，侧面脸庞饱满红润，体态起伏有致，背、腰、臀显出美丽的有节奏的轮廓侧影；衣着是棉衣，浓墨线勾勒又加以淡墨晕染，墨线为骨，体现结构轮廓；水墨为辅，描绘质感气氛；横向衣纹线的运用加强了地域和季节特点，也和双腿的动态形成一定向心力，把画面的势从右下角提起，引向战士和孩子手中的苹果。孩子被她装扮得艳丽可人，一块红颜色在涂抹时接近工笔或重彩的笔法了，是画家很精致的一笔。苹果的画法，画家没有用传统花鸟画中的点虱技法，而用了勾勒填色，与人物语言运用统一，让苹果树有了整体感和分量（许多画家在画面上偶遇此类情况往往不顾整体地"秀"一下自己的花鸟画或山水画功夫，其实是有害于画面的）。苹果有青有红，果实累累，挂满枝头，即是说，就苹果而言，并不是老百姓的奇缺。尽管如此，战士们依然坚守着铁的纪律，大踏步前行，似乎在说明，只有摆脱这种口食的诱惑，才能有前进的可能。这张画题"人民的苹果"，语出毛泽东原话，当然也是配合形势、宣传的命题之作，但画家在情感上沉浸于那个时代，力图以思绪还原到那段生活场景之中，去"观察"体验，尽力在规定的生活情境中搜寻情节的真实，让人相信事件的真实性、存在性。细细想一想，美术史上的许多作品都是对当代形势或观念的注脚，也即配合者，都是在试图图解一种通行的社会理念（实际上，也脱离不开这种相互的影响与渗透，不仅脱不开，还应加强这种联系）。不过有些艺术家能跳出当下的羁绊，以更高的角度、更远的眼光、更广的视域、更宏观的视点观照当下，思索当下，找出其渊源及对后世的影响，作品便有了较为深刻的艺术魅力和久远的辐

射力。这件作品当然还没有这样的资格，但至少它在当时的
诸多以画面图解政令的作品中，注意到了作品的隽永和蕴藉。
因为有了贴近艺术规律的诸多处理，在今天看来，还是具备
了一定的审美品性和品评价值。同是图解政治，有的高明，
有的拙劣。具备艺术功力者能依靠生活积累，提炼出普世意
义的人生情感关注，使作品或多或少地有了一些生命长度；
也因为当时的情感投注和探索，有了可品味的、可资借鉴的
价值。毛泽东发表这段话的时候是 1956 年，我听到的时候是
1972 年，然而在抄写这段话的时候却是在中央重温党的"群
众路线"教育的 2013 年。就是说，毛泽东一直担心的那种极
易缺失的"精神"，仍在呼唤和警示中。

　　再看陈洞庭的《哨》。那是一个警惕性很高的年代，人
们认为，新中国成立之初的阶级斗争远没有消失，国外国内
的敌对势力千方百计地以各种形式捣乱，给共和国制造麻烦，
所以，描绘警觉性，以提醒人们防患于未然；描绘捕捉生活
中异常的蛛丝马迹，以教导人们注意身边事物的反常苗头；
描绘捉特务抓阶级敌人以鼓舞人们和敌人斗智斗勇，是许多
作品的主旨。我首先认为《哨》来自于热带丛林中一次暴风
雨之夜的体验，这次感觉是强烈的，作者似乎在当时就有了
要再现这种情景的欲望，他心中涌出的是一种天真质朴的英
雄情结，比如高尔基的"让暴风雨来得更猛烈些吧"的诗句，"暴
风雨更增添战斗豪情"的《海港》唱词意境，至少我有类似
的体验，这其中一种幼稚的隐隐的自高自大心理显得尤为可
贵；于是作者把一个战士放置其中，让他来代替自己对雨夜
的一种经历。人物画得俊美英武、双目炯炯，任狂风暴雨在
四周肆虐，他仍沉着冷静地注视着风雨中神秘的夜色。画面

大面积是写景，人物占的面积很小，像花鸟画中的"草虫"，但他是画的"画眼"。如果没有人物的存在，仅是一张"风雨摧折图"就变了意思，缩小了意义，因之，形象塑造就成了重点。人物要画得警觉，但不能过分紧张，这毕竟是寻常的放哨执勤；要突出人物的作用与分量，又不能过分突兀。要在藏露之间把握好尺度。人物头上的透明雨衣，在当时很值得玩味。一是作者自生活体验中取来，有别于一般化衣着服饰；二是画家于笔墨尝试中大胆试验，有高于他人他画的笔墨技巧。当然，风雨和飘摇的棕榈树是这张画铺张的充分理由，只有尽力营造出动荡喧嚣的环境，才可以衬托出人物"静"的意蕴。中国画对"雨"的表现简直无能为力，意笔画中只用水冲破、冲淡，用干笔或湿笔"扫"出斜线，只是暗示，丝毫画不出质感，雨中物体的"湿"也决不同于用笔水分的多，这是一种无奈。棕榈树或剑麻叶被画得旋转般摇动，是画家生活中观察的印象，此前此后，似再没有人做过这种尝试。唯不足的是人物色彩太纯，面部和手太暖，这是那个时代用色的通病。

对阶级斗争的刻画是那个时代艺术品中"永恒"的主题。王晋元的《猎》同样是这类题材的诠释、再现。解放军战士和佤族民兵于丛林中巡逻，地上的烟头引起了战士的警觉，他俯身查看纷乱的杂草和残留的脚印，佤族民兵则抬头向远方睃寻；猎犬跳跃着，等待主人的指令，画面动静要素交织一起，紧张中有冷静的分析，平静中暗含着不安定因素。这是那个时代树欲静而风不止的紧张心理、防范心理、怀疑心理的真实写照。建立不久的共和国，内忧外患，百废待兴，中外敌对势力仇视社会主义制度。尤其是在西南边陲，大规模的部队剿匪运动至"文革"前刚刚结束，土匪、特务、流氓、地主武装、国民党残余等，依靠边境的热带丛林作屏障，以各种形式与外境势力勾结，频频制造事端，边境军民的这种高度警惕性和戒备心理或许是非常必要的。王晋元在画中还营造了一片热带丛林的茂密景色，这是此阶段人物画面临的新课题，也是亟待解决的新难题。特定的云南边陲环境启发着画家把身边的事物写生出来，介绍出去。这是人物画的背景、环境，却是花鸟画山水画课题的延伸。新中国成立后的花鸟画，曾有一段描绘工农兵生活的探索期，以郭味蕖为代表的一批花鸟画家把传统花鸟画拉回到现实，把关注的目光瞄向与现代生活密切相关的植物，这样一来，创作思维、观念和画笔的表现力，都成了探索的新课题。王晋元作为郭味蕖的学生，把这种求索的精神带到了云南。热带丛林的环境为王晋元提供了优厚的条件，他开始画整株的大树，画北方人未曾见过的植物，推敲植物之间的疏密、高低、纵横、大小、叠加、交叉、遮挡、缠绕、浓淡、冷暖、干湿等对比关系，开始把画面画满；传统文人画中的空白，在这里不适用了，于是开始经营新的点线面黑白灰元素。当这些东西作为人物画背景的时候，又遇到了新的问题，花鸟画中的形象是不能放大的。少数题材，如牡丹花、荷花叶、芭蕉叶等可以适当放大以增加视觉冲击力和形象张力，多数形象是不宜超过原大的。王晋元面对的热带丛林等于把花鸟画放大了，放大的不限于个别形象，而是环境，再加上整棵的大树、石头、水口等，无异于向山水画靠近了，这种全景花鸟画的追求在王晋元后来的创作中呈现了一种趋势。他曾说过这样一个意思：首先要把云南的植物品种介绍出去，其次再考虑画得好。意思很明白，在探索新品种的自然形态尚未解决的时候，不惜牺牲一些作为笔墨、格调的高层次要求，而专注于植株自然形态的写生，画法尊重画理。在画《猎》的时候，王晋元的笔墨是生疏的，但情感却真挚质朴，创作的生涩感与后来的熟练乃至油滑形成了巨大的对比反差。这种遗憾在许多画家那里都存在。王晋元与单应桂一起合作过《铁索桥畔》等作品，还未完成他的探索之路，英年早逝，令人唏嘘。

单应桂的《如果敌人从那边来》，在诸多人物画中独树一帜，其鲜明的"画眼"是主人公指向前面的手，仅此一笔，便令人耳目一新。题材是那个时候常见的题材，当时娱乐界只有几个电影在民间放映着，《地雷战》是其中之一。发生在山东海阳县的地雷战故事影响巨大。但怎样把这个题材以美术样式表现出来，还要有新意，是画家们思索多年的问题。单应桂曾经有过另一张描绘地雷战的作品《截击》，反响平平。这种场景的正面描绘属于历史画全景画的范畴，场景宏大，但现象罗列，未必感人，如同电影《大决战》与《地雷战》相比，宏大叙事需要，深入事件微观角度的构思与表现也需要。历史事件说到底是由一个个微观的个体来完成的，这种处理较之同类题材要高出一筹。在深入生活的过程中，单应桂在战斗英雄身上发现了如何在新时期发扬地雷战精神，向青少年进行传统爱国主义教育的新可能。画中人物是当年被采访最多的战斗英雄赵守福（电影把赵守福、于化虎名字概括为"赵虎"，女英雄赵玉敏变为"玉兰"），他曾不止一回向全国的来访者讲述地雷战的故事。单应桂画他时，他身体健硕，正值壮年，当年的英姿犹在，眉宇间坚忍凌厉气质毕现，还亲自为大家作埋地雷的示范。单应桂就是专注了这样一个瞬间，把群众换成了孩子，于是画作有了新意。指向画外的手，我们曾在前苏联的宣传画和美国广告画，以及墨西哥壁画中见过，在中国画中的运用是第一次，所以有强烈的视觉冲击力和警醒作用，让这一历史题材有了鲜活的现实意义。处理成正面指来的手，由于透视缩减，在轮廓上加大了难度，极易造成外形的误读。画家将其加大了形象，加粗了轮廓线，在色彩上以黑色映衬，以暖色突出。把手背透视面以水墨晕染，以突出手指；面部和手的敷色，直接用赭石色，凸显了沧桑嶙峋的质感；用挽起的白色袖口弧线，加强了向前伸出的纵深感。再是，孩子的动态、眼神，是那样清澈纯真，在传统教育的濡染中，具备了坚毅凛然的正能量。不知这种教育在今天的孩子们中是否适用，"90后"的孩子的眼神是否还这般明亮警觉。

单应桂此时的创作锐气处在成熟且渐趋上升期。画中显现的阳刚之气，今天看来仍咄咄逼人，人物的造型，形象的塑造，色彩的施加，水墨的营造，线条的勾勒，以及整体的气象等，有一股青涩的美和早春地气萌动的气息，较之以前的《当代英雄》略显成熟，较之后来的水墨探索显得年轻。

陈衍宁的《长征日记》大都用线刻画，墨和色用得不少，但不影响线的主体作用，色彩的运用大都为主题和情节服务，许多道具要求色彩的参与，以便画出质感；许多道具借助文字图案有了强烈的说明性，表明主人公从韶山到延安"重走长征路"的历程。比如：韶山的搪瓷茶缸、井冈山的日记本，背景是延安窑洞，火炉边的鞋有草鞋、布鞋，脚上蹬的是军用胶鞋，一系列道具表明了女主人公沿途的活动；红旗、军用水壶、竹板、竹笛、话筒，她在做着"宣传队"和"播种机"的长征工作。这条路被后来者定为"红色之旅"，许多学者、研究者、军事家、文学家、艺术家等，也都沿着相似的长征路一再体验，想找回当年红军长征时行走的心态与精神。这当然是徒劳的。作为有充分心理准备和物质储备的现代人，任怎么重走，丝毫也体验不出当年后有围追堵截、前有自然险阻，且前途未卜的境况，以及每一步都充满未知的行走心态。画面上的女孩，虽是侧面，但眉目间稚嫩又坚韧的神情刻画到位，微微翘起的嘴角反映出她的乐观、自信和俏皮，沿途的劳累艰辛，在她已不是什么障碍，一双胶鞋（那时是军用品）反映了她旅途的劳顿，日记成了她的习惯，这是那个年代好多青年人的习惯，也得是进步青年，不管这日记是自己看还是准备给别人看（许多英雄牺牲后，都发表出振奋人心的可观的日记）。用线是轻松的，很像后来人把拘谨的书法线画散了的感觉，这在当时只能归结为画家的年轻，他们绝没有很深的书法功底，就是凭感觉去画，况且，作者陈衍宁又跨油画、国画两大画种。他的油画《渔港新医》画得实在是好，有压制不住的英姿勃发的青春萌动活力；油画《毛主席视察广东农村》画得丰满结实，几乎无懈可击；他的连环画《海花》画得装饰味十足；与人合作的连环画《无产阶级的歌》与内容相吻合的素描风格难度极大。一个年轻画家能同事涉猎几个画种，其能力、精力令人钦佩。他在国画中也表现了不俗的锐气。后来，他画过（或与别人合作过）不少的中国写意人物画，但多了细腻周到的调子塑造，没有按线的表现力的路子走下来，大约他认为此时的线属于幼稚和无奈，有了更多实践机会后，就很快改变了方向。

刘柏荣的《坚持不懈》在当时是颇有影响的作品，画的是一群工农兵学员在雨夜坚持夜校学习的情景。当时党中央提倡学习无产阶级专政理论，画家把这样一个严肃沉重的话题，让一群融洽活跃的学员化解，简化为一群充满朝气的青年人聚在一起读书的情节。这张画像一篇散文，一切都在"散"中进行刻画，散发着很强的自由轻松美感。人物的造型似有写生的痕迹，都围绕一个读书的中心情节设置，人物的聚散就有了变化，笔墨的松紧、黑白、疏密等，有了"做戏"的余地。面部形象自然生动，毫无硬性的说教感，看起来就像身边的朋友一样亲近，端庄秀美，落落大方。直线造成的课桌、窗棂等几何线，被人物巧妙破掉并形成对比，二者形象相得益彰。"坚持不懈"的立意从雨伞、草帽中体现出来，门外可能电闪雷鸣、大雨滂沱，屋内却暖意融融，谈笑正酣；滴水的雨伞被撑开着晾在地上，几个不规则的圆形随着黑色块、红色块组成有趣味的形，进来的人有的收伞，有的解蓑衣，增添了画外情节。

刘柏荣 1974 年与程宝泓合作过一套现代戏曲组画《平原作战》。那时候常有人把现代戏画成"组画"，如董辰生、陈玉先曾画过舞剧《草原儿女》，殷培华、王遵义曾画过《红云冈》。他们选取重要情节的剧照为范本，在尊重人物形象肖似性的基础上，再加工创作，施展中国画的笔墨技巧，使其成为另一样式的绘画品种。剧照多为摆拍，是很理想的"模特儿"。加之那时的艺术家对戏曲也都耳熟能详，至少是喜爱或接受任务，画起来能充分发挥笔墨效果。

陈自立、刘柏荣合作过一张《我爱这一行》的画，是一个打扫卫生拖地板的解放军护士形象，人物画得健壮秀美，线条很活，有速写笔触美感。草绿色军装的色彩比较难调，因为中国画颜料能接近这种暖绿色的色系差别很大，黄色往往太稀，极易渗出规定的形状范围，绿色中须调暖色才能仿佛。而一掺上红色系就嫌脏，几种性能不一样的颜料混合一起，在泼彩用笔过程中，笔触很难理想。这张画画得很自然，滋润的墨色很养眼。再是因素较少的肖像画，因为有了几笔痛快淋漓的衣着刻画，便有了看点。

还应该提一提杨孝丽、朱理存的《叔叔喝水》，画的是藏族女孩为前来帮助收割青稞的解放军端水的情节，是用肖像画一以当十的手法喻示画外情景的构思与表现的。那时解放军提倡"三支两军"，常见这种情景，《洗衣歌》中有歌词就唱到"是谁帮咱们收青稞"。画中塑造的女孩是健康的，用较细致的画法画了脸部五官形象和手，上衣的画法也像工笔，藏族的茶罐茶碗都画得比较精致，有高光反光，是标准的西式素描静物画法；衣袍则用了泼墨破墨表现，使这块浓重的黑色粗粝而厚重；领口处的皮毛画得很有质感，令当年的许多观众驻足欣赏玩味，在猜测画家用了什么方法材料才能冲破出如此滋润的效果。

其实，"文革"间至少有四回全国性的大型美展，因为主办者冠以"国务院文化组"，被后来的中国美协摈于届次之外，忽略了广大艺术家的劳动与探索历程。

此时的中国人物画大致可以总结出这样一些特色——

1. 主题性

1973 年的全国连环画、中国画展览，延续了历次全国美展的经验，是中国画的一次集中检阅。中国人物画进入新中国成立后的 50 年代形成了一次创作的热潮，至"文革"的前几年，中国画停止。进入 70 年代后，美术开始以自己特有的方式歌

方增先《传艺》/ 宣纸、水墨　1972

颂时事、配合形势，这是一次全新复苏的展示，许多作品解决了前所未有的问题，在借助美术院校西式教育的基础上，又接纳了苏联美术的影响，终走向类似巡回展览画派风格的路子，仅仅一届全国展览，就有这一大批无论内容还是形式都颇有影响的作品。在政策政令的指导下，中国的建设成就，建设事业中的人物、事件，开始出现在绘画中。山水花鸟画的表现是间接性的，人物画却是直接的。题材由之走进了现代化。在蒋兆和之前，人物画家多借"前贤"入画，以历史人物抒发情感，暗示当代，很少画周围的当代人。曾经出现的写真的"波臣派"和任伯年，所画形象仅是静止的肖像，人物置于空白环境中。肖像谈不上题材，只是体裁，因为没有构思，没有主题。说金农的自画像如何表现了孤芳自赏，任伯年的钟馗如何愤世嫉俗，陈洪绶的屈原如何幽远高古，暗示而已，实际上是不够的，没有人反映当代生活情景，通过生活情节罗织人物关系，这个情节哪怕是图解某种政策，甚或是为执政者歌功颂德（清代的全景式宫廷绘画人物像"点景"）。现代题材要求有现代精神的体验和概括，对现世人物、事件有总结、表现的愿望，有再现、表现的能力。从延安时代就开始的现代题材的追求，在此时表现出强劲的势头，抗美援朝、婚姻自主、入社、公私合营、扫盲、选举、少数民族题材、钢铁厂、水利工地等等，甚至难度较大的领袖题材，均被纳入画中。此时的中国画较五六十年代，更明确地确立了为政治服务，为工农兵服务的目标，选题、立意、构思等与政治捆绑得更紧。但在艺术上，由于技术上的进步，可以放纵地发挥笔墨效果，从容地抒情了。广东画家有几张画，在群像式构图和画面意境上，明显地优于五六十年代的中国画，他们在《战地新歌》《北京送来的礼物》等作品中画了许多西沙群岛的植物，画了大海和海浪。《心潮逐浪高》中，几个坐在拖拉机上的知青，怀着新奇的心情，兴致勃勃地看两边的稻田。稻田是前人没画过的植物，稻穗在风中摇曳，与深蓝色的海、飞翔的海鸥一起，在抒情性上起了很大作用。当然，内容上，由于政治形势的制约和画家对生活尺度的把握，限于对艺术规律的认识，只能如此。描绘领袖题材的，歌颂英雄人物的，描写阶级斗争的，军民关系的，工农兵题材的，知青题材的，学大寨学大庆题材的等等，相对肤浅狭窄和表面化，表情简单，多为哈哈大笑或是横眉冷对。这毕竟是别人的生活，是政策号召的既定的题材，还未接触到心灵表述自我表现等，这样苛求也是不现实的。许多画家凭着这些作品脱颖而出，成了后来中国美术创作力量的中坚。有的画家后来画过许多作品，也做了多方面的尝试，可能愈见从容纯熟，有了更好的卖相更高的身份，但作品整体的高度并未超过此阶段，如梁岩、林墉、伍启中、陈衍宁等，连自己也难以全身心投注，难以相信难以感动了，想用画面打动观众终是枉然。还有杨力舟、王迎春，及至后来，他们的画越来越大，越偏于鸿篇巨制，如《黄河组画》和后来的《太行丰碑》，虽各有追求但难达到质的突破与提高，即使量的积累叠加，再也难找到《挖山不止》时的心态、状态和探索锐度了。

2. 情节性

一切传统绘画中以肖像画为主的旧貌，无力承担主题性、情节性的重负，在画面上留住生活的情节，以情节刻画人物，将人物安放在情节中，罗织关系，组织笔墨，表现主题，所谓"典型环境中的典型人物"。受"喜闻乐见"情绪的感染，大家在情节中回味历史，咀嚼生活，感悟当代，构想未来。

3. 踏实的人物造型

现实人物是生活于四周的当代人，要求符合正常视觉效果的解剖、比例、透视关系，人物外貌的相似性，服饰的写生写实（不便臆造，不便以旧式描法套用），内心世界的丰富性等，这在旧时人物画程式中均无法借鉴，必须进行革命性的创造。有人说任伯年以前中国美术史上缺少一双侧面的眼睛，是中的之谈。于是借助西画方法走向了实证，借助写生走向了写实，走向了摈弃旧有程式、符合视觉效果的"踏实造型"。

4. 群像式组合造型

生活情节规定了人物之间的关系，尤其是大题材，群像式的人物组合关系对传统中国画是一个难以解决的问题，比如战争，比如工厂场景，比如水库工地，比如抗洪救灾。方增先的《说红书》，人物众多，关系复杂。他接受了西式绘画的处理手法，借助虚实、强弱、冷暖、疏密等诸多因素，可谓"字斟句酌"，笔墨经营不惜深入到局部细节，恰好地解决了群组人物的塑造，又不失水墨气韵精神的显现，被后人称为"浙派笔墨大全"。

5. 道具和环境的描绘

传统题材多绣像，少环境刻画（像戏剧舞台景）。写真派把人物放置在假设的环境中，很难协调。现实题材要求道具环境的真实，与人物形成合理和谐的生活逻辑关系、比例透视关系、色彩关系等。石鲁的《古长城外》人物与山水处于合理的视觉效果中，人物不再是"点景"，是画面的主体，山水人物同等重要，环境有了真实感。陈洞庭的《哨》画的是南方热带植物中的夜色雨景，水气淋漓的笔墨和冷调子是他的追求。杨力舟、王迎春的《挖山不止》、赵志田的《大庆工人无冬天》都画了雪，以特殊氛围成功地表现了人物。许多道具进入画面，对传统表现技巧提出了挑战，如工业题材中的机床、机车、车间、汽车、煤矿、炼钢炉、石油工人的钻井架，部队题材中的舰艇大炮、枪支、石头水泥混凝土构件，农业题材中的拖拉机、梯田、禾苗、塑料棚、挖山治水工地的道具、被开掘的山体……这些从来没有接触过的课题全被那时的探索一一化解，均成为一种全新符号的创造。

6. 笔墨的突破

前期探索仍以工笔线为主，后来发展为意笔线型。20世纪五六十年代，某些画家的面部刻画仍保持有工笔线描的意味，线都非常朴实，行笔生涩缓慢，有韧性，有沉稳的力度。墨是在线的轮廓基础上附加上去的，大多数墨为皴擦加渲染，少量有泼墨、破墨，直接以没骨法点厾者很少，色彩又辅之。这时的色彩还是平面化的，包括水墨晕染，除李斛等个别画家做得比较极端之外，大多是有一些立体的意思，并未像后来"文革"中一样对西画借鉴得那样直接。后来，在笔墨上有了泼墨、和墨、破墨、没骨等技法，过去这些只有在山水花鸟画中才出现的技法，开始出现在人物画中。山水花鸟画由于形的相对放松，古人的探索有相当的高度，对人物形体的模糊，造型的无力，影响人物画向更高更深刻的层面发展。不必迷信"逸笔草草"和"似与不似"，那仅仅是文人画之间标榜高雅的托辞，山水花鸟画的高度与形体的易于把握有极大关系。人物画则不行，尤其是现代题材人物画，逼肖的形貌，真实的表情，富有个性的体态、动态，与现代道具环境相联系的动作等，都是此阶段造型探索的突破重点。

笔墨对所遇到的所有元素的重新组织和转译，是一个全新的命题。所有形象、气氛、意境、环境、道具、色彩的描绘，最后均归结于笔墨的塑造。人物形象一旦写生，许多概念的、程式化的画谱中的符号皆不能用，它要求肖似性，比如李琦的《十三陵水库工地上的毛泽东》。肖似性就不能仅是单线填色，若以单线条拷贝一张照片，很难达到肖似，因为人物是以光影和色彩的立体状态呈现的，于是加进了皴擦晕染（任伯年有过这种尝试，但不成熟），加进了墨与色彩的融合塑造。许多问题只有拿着毛笔宣纸到生活中写生时，才能遇到（不是以速写素描底稿在宣纸上拷贝复制，是直接写生）。再是，画面意境和特定氛围的营造也要依靠笔墨。1964 年王玉珏画的《山村医生》表现乡村女医生深夜捻棉棒的情景，人物贤淑安详，笔墨含蓄内在，提灯温暖的光感被表现得温润宁静。草帽上一朵山茶花是作者对人物的赞美，墨线勾勒与淡彩、重彩在画面中得到恰好的运用。刘文西的笔墨是粗壮有力的，在《祖孙四代》《支书和老农》的画中，线条一直保留着陕北人性格中粗犷雄健的形态。他的笔墨已不仅仅是形式语言，而是参与了形象性格的塑造。"浓墨重彩"是他对中国画语言和境界的贡献。王盛烈《八女投江》所渲染的苍凉、肃杀、悲壮的气氛，是借助新式笔墨结构传达的。对环境、道具的刻画同样依赖笔墨。石鲁的《转战陕北》画的是古画中没有的黄土高原，"皴法"是全新的笔墨样式。杨之光、刘文西、方增先等那批人物画家大都有艺术院校西画的造型底子，有些画家是从西画改向中国画的，无形中发挥了"中学为体，西学为用"的作用，艺术院校的功能在那时充分地显露出来。用笔用线更加强调书写放纵，墨、色有机地融合是从那时开始的。20 世纪 50 年代的基本方法是勾线、上墨、填色，线以单一的墨色为主，无多少浓淡变化，线和墨分两次画成，其间很少融合、冲、破，更多地像山水画中一层层叠加的"积墨"。六七十年代的中国画较多地吸收了花鸟画的冲、洇、渗透，人物画中有了熟练的点虱和没骨技法，某些色块上在了墨线之前，上在了墨线之中。方增先一套《艳阳天》插图，在运用花卉技法画人物上获得突破。在几幅群组人物中，方增先已不限于单人造型界限的笔墨处理，而以整体地点染表现笔墨语言和气氛。其中一幅背景处的马头处理，明显有文人画不求形似但求笔墨意趣的效果。

7. 色彩的营造

过去人物画尤其是写意人物画崇尚水墨，轻视甚至贬低色彩，长此以往，画家用色能力很差，汉唐时期引以为自豪的"丹青"，在后世人物画中几乎绝迹。任伯年仅用淡彩。五六十年代人物画受题材制约，不得不以强烈的色彩入画，比如蓝天、白云、大海、庄稼、红旗、羊群、机车机床。有色彩就要讲究颜料的用法，讲究工具材料性能和"用笔"，讲究色调。黄胄的《洪荒风雪》用"撒粉"表现风雪，气象环境的营造和色调刻画成为画面成败的关键因素。现代人物画对色彩的应用起了极大的推动作用。杨之光的《矿山新兵》运用水、墨、色块画光的效果，水分控制得恰到好处，还用当时少见的泼墨泼色画了芭蕉，水汽淋漓。其后，鸥洋画的《新课堂》更注意了色调和光，在红衣服受光部留出白色表示高光，然后是冷红，再是暖红，靠底部又强调了暖色的反光。在《雏鹰展翅》背景上，画了阳光透过树枝射下的光芒，画面温暖、高调、明朗。她与杨之光合作的《激扬文字》表现青年毛泽东的粗布长衫，衣纹的刻画已非传统的勾勒，而以侧锋笔的皴擦点虱画成，空白处表示衣褶的折光，墨色在形体上是凹陷和阴影，这已是西式素描的方法了。在面部和手的设色上，已没有了蒋兆和那时的生疏，更不像后来王子武等人晕染的腻味，而是不见笔触不见墨痕的西画式地塑造，只在平面上表现出滋润、自然，比如下颌部的体面和阴影。

色彩上，由于借用了西画的概念理论，有了冷、暖、灰、纯的变化，在色调营造设计、色彩搭配、颜料选择上更加理性自觉，色彩与水墨的洇化晕染更加从容放纵，有些作品有了质感、色感的追求，有了气象气氛（比如风、雪、雨、雾、海浪、乌云、闪电等）的尝试。这些探索，历史都应该给他们记上一笔账。

8. 格　局

主题性、群像式组合、符合视觉意义的视点（透视）、追求特殊质感特殊环境氛围的塑造、构图、造型、色调等，这些现代中国人物画的新要求迫使国画家进行了大胆的前所未有的尝试。主题性、写生写实性、群组式组合等逼迫着走上与写实性油画（主题性创作）并驾齐驱的路子。于是，中国画在以白色为底黑色为主要表现语言的限制中，开始了艰难而又愉快的探索。说艰难，是因为他们正进行着前无借鉴的创造（尽管他们没意识到）；说愉快，是因为哪怕一点不成熟的突破，都是有价值的，都是前无古人的，在当时看来都是很新颖很有成效的。中国画参与历史画和领袖事迹的创作规定了荒疏冷逸、猥琐媚俗等格调不再进入画面半点，代之以光明、健康、热烈、崇高，而生活中的人物一旦进入画面则要求造型的写实，形象的相似，情节的合理，视点的真实，透视的合视觉效果。在这一前提下，黑色的墨块让位于色彩的塑造，让位于色调的追求，让位于透视的准确描绘。

画幅大、构图满、人物多、视域广。大的画幅容纳了更多的人物，人物之间就有了造型的多般因素，如高低、疏密、遮挡等，由透视产生远近、虚实、大小，由素描关系产生黑白灰，由色彩产生冷暖灰纯。情节的设置、选择、观察表现的方位、由情节决定的人物关系，有了更多"做戏"的可能，于是，与人物情节关联的道具、环境引入，于是视域大大增加，大容量的画面也带来了更新的课题，对新道具的刻画，工农业生产的用具，建筑场所，室内室外真实的环境，人物身边、身后的花鸟山水画，与人关系密切的动物，许多大起大伏的气象景观，如风、雨、雪、雾、夜、洪水、朝霞、阳光，还有过去从未染手过的少数民族题材等等。这样，一旦要表现真实生活场景的人物活动，使得画面构图势必要丰满、充盈，与传统绘画中的空白背景，或添加的不和谐背景大相径庭。革新中国画，描绘新生活，表现工农兵，这在当时是一个系统，不仅在中国画，比如油画，更是走得轰轰烈烈，其他如京剧，现代戏刚刚起步，也由此带动了地方戏曲的现代化革命；再如歌曲，《逛新城》《克拉玛依之歌》《马儿啊，你慢些走》《边疆处处赛江南》等，一大批表现社会主义建设的作品，整体涌现，它们和中国画一样，也是共和国艺术史上不可或缺的璀璨珠玑。

9. 格　调

所有绘画都表现出健康向上、豁达、乐观的情绪，反映出新中国成立初期百废待兴、也百废俱兴的建设状况和精神面貌，革新，写生，普及，提高，像一剂催化素和兴奋剂，点燃了画家高涨的创作热情，也催生了画面蓬勃昂扬的格调。这种从延安就生成的乐观主义情怀，在20世纪五六十年代被肯定、延续，在"文革"后期被强化、放大和弘扬，骨子里表现出令人敬仰的忠诚和质朴。1958年的大跃进，漫画归漫画，壁画归壁画，展览的次数多，数量多，周期短，国画家们的毛笔却丝毫没有浮躁飞扬的感觉，心态是那么安宁，画笔是那么清净。如若不信，拿出一个画家此时的作品跟后来、跟今天的比一比，便见分晓。情感投注的全力以赴，诚心诚意地深入生活，表现当代人物，服务工农兵，使得此时的作品技术性、艺术性、思想性上达到了高度统一。

10. 关于生活，题材

时下对生活、对题材的观点是，艺术家应从内心反省，表现自我，外部生活与内心体验无关，自己就生存在"生活"中，何必要故意去体验？作为一个城市画家，何必要到农村、到山区去体验那种生活？甚至去故意体验少数民族生活？用后来对生活对主题的理解，认为这批画家是被政治裹挟的一代，被形势架空的一代，生活是别人的生活，题材是别人的题材，主题是国家规定的主题，且一定要歌颂。20世纪五六十年代画家都是把执行党的政策政令作为自己行为的指针，响应党的号召是无条件的，并且很快就把自己的情感融入了别人的生活，把别人的生活与自己的经历中相似的情感结合起来，设身处地地沉浸其中，构思、构图，制作、完成。人物画是有这样一些特性的，人物画关注的是社会人，就像花鸟画家不仅仅只画自家养的花养的鸟，山水画家只画自家门口的山水一样。情感丰富，阅历丰富，与历史事件有关，与社会环境发生紧密联系，在社会发展进程中起关键作用的人，首先应该成为人物画家关注的对象；要有兴致、有能力、有胆量、有信心地了解这些人，研究人物与事件的关系，研究人物与事件的宏大意义、普世意义，这是人物画家的责任。此时的人物画家大都还没有兴趣画自己的老婆（男人）孩子，画身边的瓶瓶罐罐花花草草，画随便一个历史老人或仕女。即使以古代题材为主的老画家们，也是充满了历史责任感，凭自己对历史文化的理解，画重大事件和历史人物。他们想尽自己所能做一些青年画家所不能做到的事，给国家留下一点自己对历史的理解与表现影像。徐燕孙画《兵车行》，任率英画《杨门女将》，潘絜兹画《石窟艺术的创造者》，刘继卣画《大闹天宫》，这些画都充满着历史责任感和阳刚之气，与后来腻味甜媚的制作画，小小气气的古人画、仕女画，闺阁气脂粉气的"女人画"有着天壤之别。我相信，大多数艺术家对待生活是真诚的，是主动热情地接纳新生活，拥抱大自然，而非消极被动地应付。他们把表现火热的建设生活和自己的创作热情结合一起，留住了历史的生活片段、情感瞬间和时代形象。

看看艺术史，除去极少数自传性作品，所表现的大都是别人的生活和重大历史事件有关的重大题材，也即政治题材。达·芬奇，米开朗琪罗，达维特，德拉克洛瓦，库尔贝，巴尔扎克，雨果，托尔斯泰，贝多芬，柴可夫斯基等，作品因为有了宏观视野和终极关注，才有了悲天悯人的开阔情怀，才能把这种恢宏气度投注到作品中，从而获得了吞吐宇宙的洪荒气象。

　　当然，从更深层面的艺术规律讲，艺术介入生活是浅显的，直白的，甚至是十分生硬徒劳的。但中外绘画史似乎都要经过这样一个阶段，即把社会生活当作自己的生活，把记录社会世相场景当作自己情感体验，把政权的是非标准当作自己的好恶准则，社会大环境提倡就有这种功能。中国艺术中这种倾向尤为明显，从红军时代起的"红色艺术"就一直贯穿在中国艺术家的生活情结与创作中，他们的好恶随着长征走到陕北，又从抗战走到新中国。很难想象，这一代艺术家不去反映他们所经历的生活，不去以时代教会他们的行为准则来衡量这个新时代。这不仅没有错，而应是大力提倡的，一段血与火的锤炼过后，沉积在作者脑海中的就应该是这种印记，他们一代正是因为这段生活的锻打，而有了终身生命意义的依附，也有了创作情感的托付。这是后人无法理解的，就像无法理解江姐他们的行为和心理。因为生活中大多迷雾状的东西，教育得他们不再相信什么，也就是把信仰抽空了。但"文革"期间的几次全国美展不然，他们是有信仰的，他们大多不是被逼迫或被号召，被金钱引诱着去画那些工农兵生活题材的，那是他们身边的"生活"，是源于生活高于生活的，但不能否定这也是这一段生活的另一种映射样式，毕竟有人在记录，也或多或少地反映了许多当时社会的影像。他们都有"重大题材""精品创作"的意识，都给绘画史留下了"重大题材"的最初样式的尝试，负责任地为那个时代造像留影。从长远观点看，这些对生活记录的作品，恰好符合了那个时代对社会、对人、对艺术的理解深度和表述状态，于是又构成了反射生活的准确性。如果来检点中国的美术，就技术性艺术性而言，较以前迈的步子最大的时期，这几届美展是划时代的。在1973年还有个全国连环画的展览，这是沉寂了八九年之后中国连环画的一次大突破，"文革"肇始的 1965、1966 年，全国的画家都在画漫画，突然在 1973 年的全国展览之上，涌现出了这么多作品，而且非常优秀，其达到的高度令人震惊，以至于成了中国连环画史上一个不可回避的高峰，值得好好总结一下。这期间，许多连环画作者同时又是油画家、中国画家和版画家，画种、画风、画法之间的相互渗透相互浸漫相互砥砺，相得益彰，构成了中国美术史上一个独特的文化现象。可以这样说，几乎所有的人物画家都曾"染指"过连环画、宣传画，而尤以中国人物画家为甚。

11. 矛盾性

其实，在时间短、热情高、数量多、质量高的创作热潮中，画家们心头是多多少少存在着矛盾思想的。这矛盾，一方面来自生活，一方面来自技法。对生活的体验还是太短太快，许多画面只在记录现象，没来得及向更深的层面开掘。比如《说什么我也要入社》这件作品，如果去掉标题或请一个外国人来看画，充其量不过是一个老农拿着一串稻穗，至于表情如何凝重、复杂，是猜不出来的。即使是写了标题，也无法判断是在痛下入社的决心，还是被逼无奈的心理独白，天知道这稻穗是自家的还是社里的？这稻田是丰产还是欠产？也许还有别的猜想，比如思考稻种改良？病虫害？倒伏？旱涝？或是珍惜这两个折断的稻穗，像《粒粒皆辛苦》。所以说，许多画不是通过形象，而是通过"字"来说明。再是对生活本质未能深刻揭示，这点有些苛求了，这时不可能出现后来梁长林《故乡行》这类反诘意味的题材作品。再是，画面说明性太强，未能提纯为更醇厚的艺术色彩，上升到更高审美层次的抒情性和诗意表达。

至于画面的和主题的政治性倾向，也是不可避免的，相反，倒应该是这个时代特有的有意强化的东西。一个政党的执政，一个国家的建立，获得了国家权益的艺术家当然要为党和国家创作作品，未见哪个政党和国家专门培养"反骨"者，专门培养和扶持与政令唱反调的艺术家和作品。

说至技法的矛盾，主要来自于国画与生活碰撞后遇到的前所未有的课题。画家多具备美术院校功底，因此难免不从西画中找借鉴，写生中也难免不去描绘明暗光影和色彩，这一方面说明传统中国画与实物的距离，说明了以西式眼光看实物和看中国画是两回事（在油画中似未预告此类问题）；另一方面说明以写生触碰中国画的难度，从未有哪一类画家会遇到如此尴尬纠结的问题。这些问题从写生一直延伸到创作，从 20 世纪 50 年代一直到 21 世纪的今天，像不像中国画，院校的基础课与传统的矛盾，黑白明暗光影、色彩在画中占多少比重，写实人物画究竟该依托什么样的基础等等，都是一些未有定论的历史难题。这也应了当今名人的一句话："痛，并快乐着！" 20 世纪五六十年代的画家，看似从无到有的创造，实则是在创造传统。因为这个东西和传统分属于两种思维、观察、表现方法，有些是重起炉灶的新课题，和旧的中国画不搭界。正是有了这许多的不确定性，许多公说公有理婆说婆有理的尴尬，有了几次争论带来的澄清或者更加迷茫，有了探索中手头不断偏左或是偏右的苦恼，现代人物画的行走才充满乐趣，充满期待，充满了各种可能。工笔画在这方面遇到的问题相对要弱一些，比如可以拼命地写实，可以不厌其烦地画细节、画质感，画色彩色调，但缺少了"鲶鱼效应"发展缓慢或看着不过瘾；唯有意笔人物画，在充满变数中徘徊彷徨踟蹰踯躅，无出路便是出路，无标准便是标准，无目标便是目标，画家们在踌躇中探索，在探索中享受莫衷一是的快意。

有一批写生被艺术研究者忽略了，那其实是一些很有价值的作品，中国画表现现实人物，从画谱的临摹走向写生实则是从那个时候开始的，中国画廊里于是有了这样一批描绘现实人物的写意"粉本"。首先使用的是素描速写，根据写生素描速写稿转换成中国画；后来，画家不满足这种被动的转换，因为很生动的东西被过滤掉了，变成了制作，而开始直接写生，中国写意画的笔墨重新面对了造型、光影、色彩。

为小说《艳阳天》作插图期间，方增先在北京市郊画了许多农民和石油工人的习作，生活的启发唤起了方增先的绘画激情，那批写生形体结构准确而放松，很有主动意识。在控制有序的形象中，画家施展笔墨，探索花鸟画的"和墨"点虱技法与人物的结合，尝试把素描速写造型的线提炼成书法意味，是一批写意味十足的作品。有一幅《青年石油工人》的写生颇代表方增先的追求：眼睛的勾勒充分注意了光线和形体转折，口唇四周的胡须短茬符合年轻硬朗的工人形象，脸部轮廓的勾线已与形体结构光影等融为一体，如颧骨的中锋线、颧骨下缘笔锋的压力和断笔。下巴处勾线色重而厚实，但不是硬邦邦的重墨粗线，是中灰墨与皴擦的结合，既符合形体的面，又符合光影的视觉效果。敷色上，眼轮匝肌、面颊用的是所谓"高染法"，说是向敦煌壁画变色的借鉴也好，说表现生活人物风吹雨打的固有色也好，总之是以"团块"

结构塑造的,而额头和鼻子用的却是"挤染法",或曰"塑造"。这种方法是当时浙江美术学院独创的,在同时代画家的其他作品中也可见到,其塑造观念、方法、效果和敷色位置,与那时浙江美院的素描人物如出一辙。衣服线的勾勒遒劲有力,有工作服的质感,甚至有"金石气"的暗示。

卢沉有几张陕北老农的写生,在缠头的羊肚毛巾下和左右脸庞轮廓边缘处,各有几笔浓重的墨色,这显然是光线造成的"暗部"或"投影"。卢沉的水墨写生作品《蒙古族民兵》,满脸敷色看上去"花哨"甚至紊乱,几块空白突兀地分布在鼻子和脸庞两边,这实际是"高光"。可见,只要写生就不可能对由体积决定的立体感和色感、光感视而不见。我曾问过卢沉先生,把写生中放松的笔墨效果和心态应用于创作不是更好吗?卢沉的回答是,创作中难以保持这种状态和笔墨节奏。无论怎么说,写生帮了写意人物画创作的大忙。

杨之光、刘文西、姚友多等画家的写生也为中国写意人物画积累了新的经验,这股风潮一直流行至 20 世纪 70 年代末 80 年代初。吴山明、刘国辉、王子武等画家也为之做了探索。激越的情绪,相对严谨的形体,放松的笔墨,人物的自然状态……是这些写生提取的对中国画的贡献。不妨这样说,中国写意人物画从勾线到染墨、皴擦、填墨、填色,到和墨、泼墨、泼色、破墨、破色综合运用,先勾重线再施淡墨的以淡破浓或泼墨后勾线的以浓破淡(这是过去花鸟画勾叶筋的办法)是从那个时候的写生实践开始的。

写生启发了画家的灵感,在与模特交流中可以能动地表现,在不大的画幅中可以从容地尝试技法实验。传统中也有泼墨,比如宋代梁楷的《泼墨仙人》;也有破墨和没骨,比如任伯年的《酸寒尉像》，但仅仅是个别画家的个别现象。任伯年的技法不曾在其他画幅上用过，更没充分实验过技法更广阔的表现力，并不为大家所重视、赏识，未成为众多画家掌握的普遍技巧。把毛笔放倒，把勾线与点厾结合起来，甚至以破笔、没骨表现人物，则绝对是"红色年代"的创造。

以传统形式表现当代内容当代情感，是那时全社会的趋势，戏剧界亦如此，由此产生了"样板戏"，这是与传统戏剧大异其趣的一批作品。甚至在"积重难返"的曲艺形式中也出现了描绘当代的作品，如诸多歌颂性相声，国际题材、军事题材相声，许多以诙谐幽默甚至插科打诨为主的样式中，也有了新题材新曲式，如大鼓、单弦、琴书、梆子、时调、坠子、二人转。现在再回望那些形式，却发现出许多"地道"的传统韵味来。现代作品借着老一辈艺术家延续的传统形式，较好地解决了以古典样式承载全新内容的问题。当现代京剧《红灯记》在台湾演出时，当台湾画界看到李可染、钱松嵒等人在山水画上做出的努力探索时，全都为之一振，大有耳目一新的感觉。他们没想到，祖国大陆的艺术在经过"红色洗礼"后，已经发生了如此巨大的变化。我曾与不少艺术家探讨过这个问题，如果没有那一代人大胆执着的努力，如果不是在政策指导下有意识地改造旧样式表现新内容，中国画便与当今的台湾艺术毫无二致，台湾绘画在海岛一隅即保留了这样一个维持着苟延残喘局面的"标本"。

这实际是政治形势笼罩下的政府提倡、政策辅助、全民参与的绘画革新，是一种政府行为、"皇家艺术"。凭借着这些因素，中国人物画得到了前所未有的发展。许多画由业余作者出题材（因他们有生活感受，有好的构思），专业画家出笔墨完成，户县农民画、阳泉工人画据说都有专家指导甚至代笔。评价一个历史人物，要看他对前人做出了什么，不应看他对后人未做什么。一个人是这样，一个画种也是这样。刘文西、方增先、杨之光等人在那个时代完成了那样一个使命，他们立住了那个时代的形象，勾画了那个时代的面孔。那是他们凝聚全副精力做出的贡献，与后来有人专画矫饰的古代美人、少数民族女人服饰、时装美人、呆傻的凝神状态、百无聊赖的所谓现代心态……相比，要真诚得多，也有价值有意义得多。如果说喜笑颜开的工农兵形象是那个时代浮泛粉饰的表情，那么后来某些连作者自己都说不清楚的表情则表现了另一样式的虚假、肤浅、浮夸。从形式的革新难度上、力度上、幅度上，和所取得的成果看，20 世纪 70 年代的中国人物画都优于任何一个时期。

一个画派的形成至少应具备这样三个条件：时间、精力、目标。全体艺术家用相当的时间磨砺，相当的精力投入，以相同的标准，向既定的目标前进。中国画向来缺少"长期作业"，缺少"研究性作业"。

在那段时间里，艺术家实际上完成了这样一件事：政府倡导支持，艺术家全民动员，全副精力投注，做着同样的工作；用十年时间，完成了一件"长期作业"——中国人物画的现代性。

是什么鼓动着画家们完成了那时的革新？是新生活的鼓舞，新形势政策的要求，是群众对喜闻乐见形式的渴望，也是艺术家诚实的迎合心理。那时，他们并未意识到自己探索的价值，也没有心理负担，完全是面对新生活毫无顾忌地大胆求索。历史地看去，这些不成熟的探索形成了那个时代独有的现象特征，是那个特定年代审美习性真切的折射，其间不乏扭曲、粉饰的成分，但多数艺术家是真诚的，被异化了的创作心态在夹缝中得到发挥，寻找着尽可能多的生存空间，绘画因之有了另一意义的真实。

受政治影响的中国人物画，由于内容上与政策、形势靠得太近，表现了那个时代特有的痕迹，如：艺术紧扣社会主题，紧跟形势，简单生硬地图解政策，浅显直白地表现生活；抓住生活现象给以图解，有时是依照政策对生活误解、曲解；为政治服务从生活中寻找蛛丝马迹予以取舍、夸张、加工，甚至不惜杜撰、生造，移花接木，硬套上一个政治的躯壳。在以绘画形象难以表达的时候，过多依赖文字说明。生硬地拉扯人物关系，罗织情节，文学性说明性加强而绘画品性退步，抒情性淡化，多义性近于无。绘画无耐人寻味的意蕴，状若白开水。内容单一，有领袖题材、工农兵题材、知青题材、学大庆学大寨题材、歌颂丰收题材、阶级斗争题材等，少有深入人物内心世界的挖掘揭示。整个格调剑拔弩张，叱咤风云。运用"三突出"原则简单粗暴地表现人物，人物形象是质朴生动的，因为画家大都从生活中写生得来，但表情缺少丰富性，要么是横眉立目，要么是笑逐颜开，再无更多内涵。人物造型趋向舞台化，受"样板戏"影响，许多"丁字步"明显看出摆的迹象。色彩上纯色暖调多，摈弃冷调、灰调，有些受年画影响太重，为符合大众欣赏口味，一味追求吉祥喜庆格调，任何画种都可印成"年画"发行，以致形成后来人总结出造型"高、大、全"，色彩"红、光、亮"的模式。"红色年代"以1976年毛泽东逝世为终点，但其后的许多年间仍看出这种倾向的延续。

这一绘画革新的结果，虽然导致了绘画本体语言的部分丧失，造成了千人一面浅显直白的美术模式，整体上却完成了特定时代中传统样式的现代转换。如果把这一段"红色熏染"的过程抹去，中国美术史上便缺少很重要的一环链条。正是有了这样的努力，中国画获得了表现现实题材、描绘当代人物、揭示当代情感的能力，也使得古老的画种获得了新生。就意笔人物画种讲，它在新题材中获得的体会已大大超过传统。有些似戏曲，借着题材的现代性开拓了表现力，也获得了生命力。相反，固守着传统格调，不作现代题材尝试者，均沦落为"标本"（如许多探索力度不大的地方戏，高雅而缠绵悱恻的昆曲）。不在于画什么而在于怎么画，是当代画家对画面形式语言的充分肯定，那时的作品却均落在"画什么"上。正是有了"画什么"的规定性，才激活了"怎么画"的创作热情，题材迫使形式语言的创新。有了那样一段与现实生活的"正面肉搏"，在进入新时期以后，才有了重新审视绘画特征意识的觉醒，才有了笔墨语汇多元化的可能。

2006 - 4 - 18 — 6 - 4 ∕ 于北京火车上

2016 - 12 ∕ 二稿毕。初稿载《齐鲁艺苑》2006.5 总 92 期，山东艺术学院

画说《茶馆》

　　我是把《茶馆》当一幅画来看的。这是一幅晚清到解放战争时期的风俗长卷，编导演们按各自的构思与技巧充分表现，依照顺序，提携着画卷的"天杆"，把"地轴"的翻卷任务交由给观众，采取"步步移""面面观"的读画方式，一帧帧一幕幕展现出由盛及衰的一段社会场景，一群三教九流各色人物轮番登场，演绎着一幕幕荒诞不经却又顺理成章的故事，揭示出一个内忧外患病入膏肓的时代必然走向灭亡，必然被新的制度所代替的自然规律，暗喻出"只有社会主义能够救中国"的真理。

1. 章　法

　　《茶馆》没有固定的连贯的故事，就是一个窗口，透过这里让我们看世相，看人物，看老舍和北京人民艺术剧院的演职员们的用心。把人物与背景融为一体，不厌其烦地描绘各类人物生活细节和生活环境、道具的关系，必要的地方有分段和"空白"，段与段之间有内在的联系，整体有疏密、轻重、快慢等节奏变化。这种近乎罗列的布局正是风俗画的章法。

　　《茶馆》的画卷按年代分三部分，即剧中的三幕。第一幕的章法基调是满，忙，兴隆，繁华，纷乱。茶客盈门，高朋满座，人物于茶客中穿梭流盼，忙着说媒拉纤，买媳妇，卖孩子，打架，逮人。这是作者"亮"功底的一幕——亮他对整个老北京的体验，对各色人等的了解和理解，亮他把各类人物穿缀一起的功力。老舍似乎把旧时代给他的感受一股脑地堆在了茶馆中，一个茶馆构成了一个小社会。这时，他还顾不上用更多的笔墨去塑造人物，去编织人物关系，对出场的各色人等都平均着墨。有时，让故事同时发生在舞台的各个角落，让我们应接不暇，这完全是风俗画的章法。

　　第二幕的章法是"乱"，这个"乱"是杂乱，茶馆却并未开张，人物在"乱"中进进出出，似乎信手拈来的一些"不相干"的人挤进茶馆，露一面后当即离去，使人猜不透作者的心思。第一幕把所有事件、人物堆来，让我们在画面上"找"人物，"找"事件，"找"情节。第二幕按剧情发生，让我们"等"，相当于展卷顺序品读。这一场似乎很忙，所有事件未构成冲突即倏忽而逝，章法中"形"的"咬合"并不严密：兵痞略作敲诈旋即离去；常四爷与吴祥子、宋恩子仅是口唇相讥，并未动手；康顺子与刘麻子见面要打也没伸出手去；老林与老陈买媳妇未果，最后一笔较"过瘾"，不小心把刘麻子斩了，也是两个特务的"无意"之作。作者在告诉我们，这是一个兵荒马乱的年代，市面上难民涌过，远处有炮声，说话间就打到北京城，"大令"随意抓人，开玩笑式地就可把人"就地正法"，茶馆能否开张，能否为继，都悬而未决。这一幕与第一幕构成鲜明对比，尽管荒唐的事一直在发生，但茶馆里毕竟吃五喝六"熙熙攘攘"啊，怎么突然就乱成了这样？就无序成了这样？用松二爷的话说，"大清国不一定好啊，可是到了民国我挨了饿啊！"，像一块残缺的画卷残片，纷乱的世道逼得老舍"匆忙"结束了这一笔。

第三幕的章法依然是"乱"，但这是更险恶的"荒乱"，乱得心里理不出头绪，王掌柜说了："一半辈子没这么乱过！"与第二幕不同的是，许多人物像连环画似的重复出现在茶馆里，这个重复与个别人物相接前二幕有关，如小刘麻子、小唐铁嘴、小二德子、小吴祥子、小宋恩子，也与本场的中心事件有关：即庞四奶奶出场，康妈妈出走，"三皇道"要霸占茶馆。正是这帮于乱世如鱼得水的"小"字辈们的反复出现，才把这一幕的荒乱推向了高潮。待把一切交代完毕，画面反而清静下来，三个老人出场了，这等于把紊乱理了理头绪，使第三幕的构图有了一点喘息换气的"空白"，也使全剧有了一个有力的"豹尾"。

三段章法各有高潮，又各有联系，每段之间用敲骨头快板的大傻杨作衔接，像《韩熙载夜宴图》中的"屏风"，是很巧妙的，既为剧情添一个市井底层人物，以串场和台词上作一前后交代，也为演员后台化妆腾出时间。

老舍先生是懂画的，他首先确立了这样一幅风俗长卷的笔调。有着长年合作经验的演职员，深谙老舍先生的意图，连同置景、服装、灯光、音响等共同完成了长卷的"绘制"，成为新中国舞台一个难以逾越的经典。《茶馆》是复线式发展，用多个人物多种命运随时间推移，关键处又把"线"展开，不惜详尽刻画为"面"。每一场都有几个中心故事，这些故事像一串串珠玑掇起茶馆中一个个小的冲突和波澜，编结出人物之间复杂微妙的关系，穿缀起一幅幅荒诞世相图。

茶館
編劇 老舍
導演 焦菊隱 夏淳
演出 北京人民藝術劇院
翟 張麗華

《茶馆》/ 388X180cm 宣纸、墨、中国画颜料　2012

2. 造　型

许多剧情是这样展开的：先有一个故事梗概，再设计与故事相关联的人物形象，人物越具个性，形象就越丰满，然后把人物放在故事中，令其按自己的性格自由发展，只要不违背故事的大走向。有时，连作者都难以控制笔下人物的命运，他们有了生命，会在为其设计的故事里按照自己的个性走向该去的归宿。老舍是有很丰满的人物形象"绣像"的，这使我想起了陈老莲的《水浒叶子》，单看造型，就料定身后一定有一番惊天动地的经历和事业，随便把一组人物合为一体，便可生成另外一个故事。在1978年的剧本中，许多演员们经"体验"后加进去了一些"注释"，这些"注释"连缀起人物的身世和出场前后若干年的来龙去脉，是塑造人物很有价值的潜台词，便是演职员对老舍"绣像"的丰富补充。他们要让观众看到"一角"下之"冰山"的沉厚。

所有贯穿全剧的主要角色的造型三幕各有区别。一是年龄的，外形的，体态的；二是朝代的、心理的。先看王掌柜。第一幕，双手的习惯动作是向外张着，随时插手忙碌的样子。第二幕是在张贴红纸条儿的间隙随手向外掏钱，不管情愿不情愿。第三幕是抄手，茶馆一切经营与他无关了，似乎成了一个跳出于世象之外的袖手旁观者。步履越来越慢，语气越来越沉，一直到最后苦笑为终。他表现了这样的心理历程：第一幕精明强干，第二幕圆融世故，第三幕看破红尘；他居然敢跟小吴祥子顶嘴，从开始快活地忙碌，到谨慎地应酬，再到消极地应付。作为敢做敢当的形象常四爷，开始时敢跟

"营里当差的"二德子"支架子"，后来闹义和团跟洋人打架，最终也落得"卖花生仁"；从"吃铁杆庄稼"时大褂长衫到"自食其力"的布衣短衫，到沿街叫卖的破衣烂衫，其造型之用意清晰可见。秦二爷倒是一袭考究的长衫，心气却越来越滞，欲哭无泪，相互倾诉完后，不得不佝偻着身子战战兢兢地拾阶而去，一句凄凉的"再见"像是无奈的永别。

一帮"小"字辈们在第三幕中，造型一律变成了短衣打扮，动作言语更加乖张，他们的父辈中优雅含蓄的敲诈勒索风度没有了，变得更加直接外露，充当着统治阶级鹰犬的面目更加清晰，俨然社会主宰。老舍对唐铁嘴是可怜可悲又可恨，从第一幕造型的唯唯诺诺，仰承人鼻息，到第二幕的猥猥琐琐，到第三幕小唐铁嘴总是围绕庞四奶奶转的蹀蹀躞躞。这是个借社会浑水沉渣泛起的人物，人越向下走越活得如鱼得水。作者终于借康顺子的嘴说了一句："年纪轻轻的，挣碗干净的饭吃不行吗？！"这个人物的造型是很鲜活的，生活中到处可见他的影子。

有些人物是只露一面就不见的，与生活极为相似。现实中大多数人只是一面之交，哪有那么多戏剧性情节性让人们构成"冲突"。编导演们抓住台上的五六分钟，不失时机地施展造型本领，只几笔即完成形象塑造。马五爷隐藏于茶馆一隅一言不发，在小冲突小高潮的关键时刻，一句高声："二德子——"马上又低了下来："你威风啊！"然后甩下一句不阴不阳的话："对不起，我还有事。"拂袖而去，就把他傲视一切的形象烘托了出来，类似于对比色的烘染。

庞太监的造型紧扣"行将就木"之感，除外形的"骷髅状"，形体的颤颤巍巍，还用了假嗓的声音造型；喝茶时，一句长长的呛水换气声，喻示出"完了"的最终结局。老舍借一个太监象征一个时代，他像一个"蚁王"活动在第一幕里，仅此一面，活灵活现地勾画出社会高层人物的真相。第三幕也有这样一个"蚁王"庞四奶奶（这是庞太监阴魂不散意义的延续），但借着时代的荒唐颐指气使，丝毫不见"完了"的迹象。黄胖子也只一面，见人就讨好，就打千，就大包大揽。作者设计了个眼神不济的"和事佬"形象，但对庞太监和常四爷的态度就截然不同，几句话，几个造型，一个世俗流氓的形象跃然台上。卖福音书的一言未发，只是"郑重"地换桌推荐"福音书"，但走到哪里，哪里就静了下来，人们不再理他，也不再喧哗。这不是一个有信仰的时代，人们瞧不起信洋教的，但又惹不起。只出一面的人不太符合戏剧性规则，只一面，作者并未把他的故事延续下去，但极符合生活真实。形形色色的"一面之交"像一些缜密的经纬线，为我们营造出一片立体的时代氛围景，编织出一组立体的时代群像图。

从外部造型看，老舍笔下的人物全都贴近市井，除了"官里当差"的庞太监，全部是底层人物，连秦二爷也是，小丁宝更是；尽管她打扮得入时，但没有多少潇洒靓丽的外形取悦于人。而北京人民艺术剧院的一帮演员，也并非帅哥靓姐，恰好符合了剧中规定的情境。有些人的化妆甚至尽力往"丑"里化，比如刘麻子；往臃肿里化，比如王掌柜、黄胖子；有人往瘦里化，比如松二爷、康六、唐铁嘴。按当下的眼光品评绝无多少"看点"，但正是有了准确的与剧情、时代、角色贴近的造型，才让人信服地闪回了那个时代，结识了那批人物。我甚至觉得他们那一张张脸就是为《茶馆》长的，这些形象与《茶馆》紧紧联系在一起并定格在了戏中，以致不愿承认他们其他戏中的角色塑造，也令后来的承袭者难以望其项背。

3. 形象塑造

在经过了几十年探索之后，中国的戏剧家开始反思西方奉为圭臬的"情节性""戏剧化"等学术准则，尝试脱开"凑巧剧"的束缚，想改变"戏作"的态度，"更沉潜地学习写实的方法"，"平铺直叙地写点东西"，"用多少人生的零碎来阐明一个观念"。老舍不模仿别人，他使自己的戏剧更生活化，把人物放在一个较长的时期内描写命运的演化或转变，是比较接近生活真实的，这与契诃夫"原样的生活原样的人"的戏剧观念不谋而合。可以说，他创造了另一种东方式的散文化、风俗画式的戏剧样式。散文化风俗画样式保证了戏剧的生活化，后面的一切所谓"戏剧性"都可网开一面，放心直抒胸臆了。

既是风俗画，人物的描绘就不能用"特写"，而是把他们合适地放在群像和环境中予以"虚化"，只在线条上略作强调，色彩上稍加渲染和纯色处理，重要的是在连续三幕场次中连续出现，这很像连环画的特色，以人物出现的次数强调其重要性。古代壁画中有类似的手法，如敦煌壁画中的"九色鹿"，传统卷轴画《洛神赋图》《韩熙载夜宴图》中也有同一人物重复出现在不同环境不同场合不同情节中，以叙述故事发展的实例。王利发是茶馆掌柜，不由他不频频露面，而且始终支撑在画面上，但他只起个穿针引线的作用，并非所有故事和事件的主角，有时甚至不是参与者，只是旁观者，就更不能着墨太多。

相较于绘画，戏剧在塑造人物方面要方便得多；绘画只凭外部形象，观众根据形象的典型性联结起人物先后的事件并判断其好恶，情节性绘画所构成的戏剧性冲突能量是很有限的。戏剧则充分借助冲突罗织人物关系，以事件发生发展顺序刻画人物性格。"没有冲突就没有戏剧"。绘画上的矛盾冲突有内容的，有绘画形式的，并非狭义理解的尖锐冲突。常四爷和二德子"支架子"、两特务逮捕常四爷、庞太监与秦二爷"斗嘴皮子"等是正面冲突，但这类表面的冲突在《茶馆》中很少，更多的是深层意义的连编剧都无法解决的矛盾。

那么主要人物的形象怎么突出呢？

对比　对比等于把人物轮廓粗描了几笔，使他在群像中，既溶于整体，又略作突显。王掌柜的不离场，与其他走马灯式的人物是出面多少的对比；秦二爷春风得意向正中走来是舞台调度的前后对比；他与庞太监斗嘴是新旧势力的对比；二德子与常四爷干架与其他茶客是动静的对比；吴祥子、宋恩子"拿人"是事件冲突对比；康六卖闺女与庞太监娶媳妇是悲喜情绪以及荒唐性的对比。所有这些"事件"，按剧情发展相继发生，体现了章法的节奏感。第一幕是喧哗的热烈的，以"作旧"处理的色调相对比。在乌烟瘴气中，在人物穿梭流动中制造出熙熙攘攘盛世繁华的表面氛围，像秦二爷说的，"这儿生意不错！"第二幕是"静"与"动"的对比。王掌柜踌躇满志，正打算"大展宏图"重新开张；茶馆是未开业前的"静场"，但一系列行色匆匆出入茶馆的人，和他们所构成的事件，却与这个"静"形成反差；远处开炮，"长辛店离北京城不远了"，难民涌入，逃兵潜藏，打手讹诈，"大令"抓人杀人，未开张之前遇到的是一些什么"事件"啊！看似平静的"下九流"之地茶馆，实则危机四伏。第三幕的对比突出了大的命运冲突。"活着还是不活""生存还是毁灭"，三个老人及至暮年，且朝不保夕，送葬的哭声，捡拾的纸钱已经预示了人物的走向；学生运动，西山信息，构成与前台活跃的庞四奶奶、"三黄道"和"小吴祥子宋恩子二德子唐铁嘴"之流隐性的对比，如此混乱、黑暗、庞杂的世道，只能交付于一片歌声和一束曙光。

　　对话　从中起了决定性的作用。老舍有文学功底，又有充分的机会接触民间艺术，他所使用的语言是鲜活生动的。老舍曾说过："我总期望能够实现'话到人到'。……开口就响，闻其声知其人，三言两语就勾画出一个人物的轮廓来。""人物头一次开口，便显出他的性格来。"比如第一幕中常四爷、秦二爷与王掌柜面对卖小妞女人的态度，几句话就把人物"画"活。常四爷是豁达；秦二爷先是稍一犹豫失了脸面，后又陈述自己实业救国的宏图；王掌柜则既对常表示赞赏，又要不得罪秦二爷，只能两边陪着说好话。类似的例子充斥于《茶馆》全剧，不胜枚举，演员们的理解和表演使剧本后面有了更丰满的"潜台词"。

　　情节　作者所使用的情节很别致，善于在荒唐事件中完成对人物的塑造。比如太监娶妻，两逃兵和买一个女人，老人给自己出殡撒纸钱。如此荒唐的事件正看出作者化解矛盾的功力，在无法解决时，就交由时代、交由社会去解决。第一幕结束时用下棋的"你完了！"便是对晚清的结语；斩杀刘麻子则为两逃兵开脱；各种恶势力齐聚茶馆时，老舍让王掌柜结束于自己的茶馆，把茶馆交由更广阔的矛盾冲突。而一个老实巴交的"顺民"只有选择这种悬梁的极端方式表示自己的愤慨。多少年后，当灾祸来临的时候，老舍终于在太平湖做了一回自己笔下的王掌柜，表现了对荒唐时段的无力无声的反抗，让我们彻底洞悉了王利发"一咬牙，抓起腰带向幕后走去"那"狠命一抓"的心理依据，也让我们对王掌柜的理解更加深了一层。对话和情节冲突，在绘画中是无能为力的，虽然绘画也有"情节性绘画"。

形象塑造　第二幕、第三幕都有的是常四爷，老舍对这一人物是钦佩的，硬朗性格中，不惜加了木刻的刀法版味。他每场出面不过十分钟，使我们幻灯片似的把这类"一辈子不服软，敢做敢当，专门爱打抱不平"的刚正不阿人物的性格、命运，有了一个系统的了解。

第一幕的秦二爷是提着长袍、拿着马鞭上场的，其造型潇洒、倜傥，走路带风，以致王掌柜都很难跟得上他，全然没有其他人物老气横秋的感觉，他是作为维新派的拥护者出现的。第二幕秦二爷没来，从别人口中得知他正在踌躇满志地"实业救国"。等第三幕结尾再见他时，却一反潇洒风度，步履蹒跚，声音沙哑，言语絮叨。只两幕，就把一个失败的实业型人物描绘出来：面对世道他彻底折服了。

第一幕人物之间似无多大变化，除康六、李三等"下人"外，一律是青衫大褂，行走说话间都那么精神气冲，干净利落。第二幕起了变化，王掌柜中年了，行动上多了老成持重，处事上多了圆融世故。常四爷自食其力了，普通的菜农装扮，性格上的爽朗英气更现；松二爷虽仍是长衫，提着鸟笼，但落魄得近于行尸走肉了。刘麻子生意不佳，居然在如此兵荒马乱的情势下冒死来茶馆为逃兵买女人；在不被人注意的时候，一桌桌去搜寻别人剩下的残羹（这在造型上是很精彩的一笔）。康顺子是老舍的神来之笔，第一幕中，似是落幕前被随意拽进来的最下贱的一个角色，一个卖给太监的乡下丫头。但到第二幕第三幕，却成了越来越坚强的"反常"的成熟妇女。从第一幕无奈地昏厥过去到第二幕要打却伸不出手，是逆来顺受的性格；第三幕却要抬手打不可一世的庞四奶奶。老舍是借她和她身后的康大力给人们一个希望。老舍对共产党的地下活动，只有隐约的印象，并无切身经验。戏中出现的康大力、西山、八路，只让人有个约略的感觉，这种感觉在《骆驼祥子》中曹先生身上也有体现。

老舍看过排演后，曾对饰演刘麻子的演员说，你演的刘麻子不够坏，接着又赶紧补充："您可别去演那个'坏'。"刘麻子是有很"充足"的理由帮别人卖孩子买女人的，"我要是不给他分心，他也许还找不到买主儿呢！""有人买，有人卖，我在当中帮点忙，能怨我吗！"这些话使他做起买卖生意来心安理得，他当然是社会渣滓，但这笔社会账谁来追究呢？

造型是编导演共同完成的，形象塑造却几乎全依仗演员的表演，时间有限，台词就那么多，如何用几十分钟的时间把一个人物前后几十年的经历表现立体，就靠修养。

4. 笔　法

《茶馆》描绘人物的笔法接近白描。辞书对白描的解释为：用墨线勾勒物象，不着颜色的画法，也有略施淡墨渲染；也指文学创作上的一种表现手法，就是使用简练的笔墨，不加烘托刻画出鲜明生动的形象。老舍的用笔体现在浓郁的民间民俗的运用和语言上，于茶馆喝茶、聊天、说事儿、打千、送礼、出殡等体现了对民俗的理解与应用，幻化为表现形式则为白描。老舍的白描手法非常符合风俗画的笔调，即平铺直叙地描绘身边百姓的日常生活，不施花哨的色彩，不玩弄玄虚的观念，给以体验派见长的北京人艺演员以充分的施展表现的可能。

《茶馆》的笔法属于古典类高古游丝，没有起伏、点顿、干枯的情节，不作大起大落的转折变化，白描线条紧紧贴近人物作逼近外形及内心的描绘，通过生活积累确立人物，通过形体、语言刻画人物，通过人物推动事件，寥寥几笔，即把人物立体化。偶有笔触"硬"处，也让演员们的表演熨帖了，成了行云流水般描法。因为没有贯穿始终的故事情节，省却了许多交代性的笔墨和罗织人物关系的精力，得以把重点放在了人物性格的塑造上。个别人物则像雕塑的写意笔调，寥寥几笔几刀，就雕刻出他的形神。

准确犀利深刻的用笔笔调、笔触，体现在不经意不概念的细节上，体现在精心罗织出的剧情上，体现在对人物一丝不苟的刻画上。如第一幕，王利发作为掌柜的照应，几乎上场的每一个人都由他照应，根据来人身份、职业不同，各有照应方式的不同，但大都谨小慎微，唯恐说话行事有任何闪失。在秦二爷身后说出的一段台词充分表露了他的思想性格和人生哲学，与第三幕的道白相呼应。在难以照应的时候，比如卖孩子的时候，他只在柜台里打算盘；松二爷被特务带走，要他照应着黄鸟时，他只是无可奈何地应一句："您放心，我给送到家里去！"王掌柜一生都在"莫谈国事"的信条下生活，但就是这"国事"不断葬送他的生存信念和条件。王掌柜的刻画笔触是绵密的，周到的，谨慎的。

刻画常四爷的线条是方硬的，带棱角的，粗线条疏朗的几笔，即把形象描出。先是外部造型的方硬，再是言语行为的敢作敢为，然后是心气的不服输，最后才是年老体衰的彻底绝望。人物的线条和刻画用笔大起大落，掷地有声。老舍是让我们看看，除了王利发这样的"顺民"，秦二爷这样有身份的"实业家"，一直保持着棱角的人物在各个朝代是怎样挣扎，有着怎样的命运。如古语说的："处治世宜方，处乱世宜圆"，那么方圆不等的各阶层人物会是什么下场呢？

老舍对松二爷这类既要"体面"又不愿自食其力的"旗人"寄予了深切的可怜可悲与同情感，刻画的笔触也近于漫画，线条羸弱，绵细，只为这个小人物赚得几丝同情即可，相较于一辈风风火火轰轰烈烈和老老实实的几类人物，他落得个临了连棺材也要别人来"化"的落魄下场，是可想而知的。

刻画刘麻子之类时用了辛辣的笔触，犀利的笔锋直逼人物龌龊的内心。刘麻子给庞太监买女人，竟毫不羞耻安于自己"正当"的职业，这种心态到第二幕仍不思悔改。他给卖女儿的康六说好十两银子，庞太监却喊出了"怎么说，一个乡下丫头就要我二百两银子？"的价码。吴祥子、宋恩子对王掌柜的敲诈可谓绵里裹针，一边以商量的口气"友好"地嬉笑着索取"那点意思"，一边以毋庸置疑的淫威施压，因为他们随便动一动指头就可把人"就地正法"。描绘二德子的笔触是夸张的，第三幕有些接近漫画笔调了，他只知道挥动流氓式的胳膊，连打几个学生能挣几块大洋都算不清楚，这样的人居然能被党部派上"法政大学"，其形象从他爹那儿的没涵养一落为下流卑鄙。唐铁嘴之流在第一幕还只是凭不烂之舌赚点茶水钱，到第三幕则成了恶势力的帮凶，但仍不失其能言善辩的势利天性。他一面帮刘麻子办"拖拉斯"出谋划策，一面又暗地里向王掌柜讨好，向庞四奶奶表功，其心地狡猾可见一斑。

老舍的生活阅历是丰厚的，仅凭一个方面或一个人物就可铺张出一个很有力度的长篇，如人力车夫、巡警、鼓书艺人。在第一幕里，他尽管把各色人等塞到茶馆里来了，也只是形象暂时的罗列，并非展开描绘。如提笼架鸟的，玩鸽子斗蛐蛐的，说媒拉纤的，代写书信的，唱京戏的，卖福音书的，卖挖耳勺的，下棋的。他还用笔之侧锋刻画了几个阶层的人物代表，使我们得以感受到王掌柜他们生存环境的真实氛围和主要人物的立体。类似的人物在第二幕里有报童，巡警，大令，国会议员。史久峰是有一段台词的，台词表明了他与秦二爷的联系和这一类人物对于时局的心灰意冷。第三幕里有收电费的，厨子，艺人，收旧字画的等。两位鼓书艺人在台前有一段对话，这段台词与茶馆略有联系，比如为上座而添评书，但关系不大，让他们在台上待几分钟是老舍的一处"闲笔"。茶馆总是有茶客的，总不能都是流氓、政客和学生们来这里"说事"。与其让小刘麻子他们到此匆匆地亮相，不如加个节奏上稍缓慢的笔触，以使画面有个"空白"，也顺便调节画面节奏，顺便借民族艺术之忧虑说一说时局。他们使小丁宝进茶馆显得不那么突兀了。

5. 色 彩

这里的色彩有两层意思，一是舞台表面色彩的，包括灯光、服装、道具营造出的可视色彩；二是人物或时代命运色彩的——从浮华走向衰败，从嘈杂走向寂寥，从快节奏走向慢节奏，从满走向空的色调暗示。

《茶馆》的总体舞台基调是灰暗浓重的。第一幕标明是戊戌年秋，重色的窗棂从上垂下，人物只憧憧地活动在灯光里，本身就有了几分压抑，只有中间一扇门，算是给人以透气的出气孔。舞台美术把人物的进出安排在中央是颇具匠心的，等于把观众置于茶馆的中心来审视三个时代的变迁（1995年的复排版布置人物左进右出或中间出，实为下策）。人物上场径直向观众走来，简捷而醒目，直逼观众视觉中心和观看心理。整剧人物以青灰色皂色为主，间或有一两块纯色，像古画上经久不变的石质颜料一样，在台上突兀地鲜亮着，显示着作者的用意。

第一幕的纯色在庞太监身上，这真是别致的一笔，一个老态龙钟的太监要娶女人，还要打扮得流光溢彩。这块亮色不啻是整个时代的回光返照。有意思的是这块色彩在第三幕庞四奶奶身上又重现出来，延续了这种讽刺意味。第二幕的亮色是王掌柜新挂上的万国旗和写着"大展宏图"的红色喜幛子，新贴着的"莫谈国事"的红纸条，还有就是新换的方格桌布。王利发见证了言多必失的现实，依然保持着"莫谈国事"的信条（第一幕的纸条是旧色的），桌布的方格与环境不相适宜，显得很生硬，这正好衬托出王掌柜立志改良的决心。但就这几块纯色彩，在剧中被一步步"作旧"，一层层"抹黑"。先是李三发牢骚："改良，冰凉！"接着街上大兵行过，远处传来不安的炮声，使得留声机和改良意味的纯色装点有了些焦躁的伏笔。逃兵来了，抽去了新桌布，还差点把红幛幔也挑下来。而后崔久峰又来了，得出了"中国非亡不可。死马不能再活，可活马早晚得死！"令人透心凉的结论。这几块代表新开张和改良意义的纯色彩给茶馆带来了什么呢？

第三幕的纯色是小丁宝和小花，一个女招待一个小学生，前者可怜后者可爱。老舍对小丁宝是寄予同情的。她是被小刘麻子之流玩弄于股掌间的下层女人，几句台词道出了自己"成了逆产"当然可怜的身世；在交际应酬的空当儿，还不忘给老掌柜"通风报信"，让王掌柜有个思想准备。王利发或老舍对她与同样两边讨好的小唐铁嘴的态度是不一样的："我还没老糊涂呢！我谢谢你。"

天真无邪的小花是茶馆的后代，一件红上衣，一对红头绳，显示了作者的爱意，让他们跟着康顺子去西山则表示作者的希望。康大力和八路军是不能正面描写的，老舍没有这方面的生活，也不符合"埋葬三个时代"的初衷，于是，他令老掌柜与黑暗同归于尽之前，让这块鲜亮的纯颜色投奔象征光明的西山。

这是一个整体气氛郁闷的戏，虽然语言不乏幽默，整个色调是暗色调，压抑、沉重、死气沉沉。舞台上的纯色彩在茶馆中尤为突出，作者就是用这种不和谐不入调来达到另一种效果，那就是，通过可视色彩表明人物身份，表现人物心情、心理、性格，以此来推动剧情延伸，形成沉闷郁结，令人一步步走向窒息的重色调，以突出宏大沉厚的主题和萧瑟悲凉的氛围。几块纯色虽起醒目作用，但毕竟无法改变整体色调，最终被黑暗所掩埋，吞没。

6. 背 景

背景刻画或曰环境塑造，指对人物活动空间的塑造。舞台上有灯光、服装、道具等营造出的环境气氛，有天幕提供的自然背景，也有人物、事件所特指的时代背景。在整个环境刻画上，茶馆很像《清明上河图》，它首先从整体气氛上渲染出当时的氛围，以暗示时代背景，给人物活动提供一个真实可信的生存舞台。其次在各个不为人察觉的细节和局部，如服装、发式、道具、灯光、音响等都注意了环境的塑造。《茶馆》的环境营造为人物提供了真实可信的物质环境和特定的心理氛围、时代环境。

服装随时代变迁各有明显变化，越来越短，越时尚。第三幕除少数人顽固地穿着长衫，如小唐铁嘴，鼓书艺人，秦二爷等以保持身份外，全都换了装束。连幕前说数来宝的大傻杨也越来越短，越来越破。

第二幕刘麻子的发型很有特点，是北京市郊尚未受剪辫子风潮彻底冲击的短发，很有讽刺意味。还有李三的小辫子，那不仅是一个晚清遗老的典型发式，更反映了一种对时局不放心的心态："那万一皇上又改回来呢！"

《茶馆》中集中了体现当时人物身份和时代风俗的一系列道具，有褡裢、鼻烟壶、水烟袋、旱烟荷包、火镰、怀表等。大傻杨是个后加的人物，在第二幕中也跟掌柜有了对话联系，从他的一副牛胯骨上，也可看出作者的匠心。随着人年龄的老去，步履越趋缓慢，数来宝越来越无力，牛胯骨也越来越旧，第一幕的铃铛没有了，红绸布变得破旧不堪，

为了加强舞台的纵深感，第一幕居然用了美术中的"假透视"：前面的茶桌高于后面的，桌腿也比后面的粗。第二幕方桌改成了圆桌，条凳改成了椅子；茶客明显少了，最突出的当年的雅座改成了公寓，明显地挡住了光线，使茶馆暗了一层。到第三幕时，空间愈见逼仄，秦二爷的仓库又被当作"逆产"没收查封，茶桌有圆有方，凳子有长条有椅子，

明显是拼凑而成。茶馆的背景空间是越来狭小了，半截很难看很别扭的墙上贴着美国的美女广告，不和谐的环境布置挤着越来越潦倒的王掌柜，也为观众的心里"添堵"。在第三幕正门居然挂上了时尚的吊珠帘，这是观众看着最别致的一处，人物的进出因为有了珠帘平添了许多趣味。小刘麻子小宋恩子小吴祥子等进门是肆无忌惮的闯入，把个珠帘掀得一直晃动着，显示出他们的主宰意味；庞四奶奶进门得有人撩起，以示身份的显赫。对年迈的常四爷秦二爷来说，吊珠帘成了一种阻隔，他们像被阻在了上一时代的幽灵，不得不费力地从帘子缝隙里穿进来。他们的离去宣布了与茶馆的永别，茶馆暂时静了下来，随着一直晃悠的珠帘归于平静，茶馆也归于死寂，从此，吊珠帘把几个老人又隔在了另一个世界。平静的珠帘衔接了茶馆和它主人的命运。

《茶馆》的灯光不被人注意，前两幕只在闭幕前切光聚于人物身上，真正有"使用"意义的是在全剧结尾：在王掌柜抓着腰带走向内室之后，随着学生们歌声的响起，一束亮光从门外照来，从珠帘、从窗棂缝隙射下，像悬挂在茶馆里的一把亮晃晃的剑，既象征着与旧时代尘缘的彻底决断，又喻示着作为曙光的新时代的开始。

另有一种背景的刻画与渲染其他戏剧中没有，而独独在《茶馆》中起了魂魄作用的，那就是舞台上和幕后的各种吆喝声。仅仅把这叫作音响有些笼统，《茶馆》中的吆喝声起到了营造市井氛围，烘托人物情绪，勾画舞台气氛的作用。第一幕突出了喧哗，大幕拉开，观众即被交响乐般的声音轰鸣"吸"了进去。声音分声部，按人物身份和情节调节高低起伏节奏，直到两个特务进门才戛然而止；待两人坐定，大家看看暂时相安无事，才又恢复起谈笑。第二处的静场是刘麻子逼卖女儿的康六点头，大家都心生愤懑却又无能为力，都缄口不言，只有王掌柜借以排遣心结的单调的算盘声。

《茶馆》中幕后的吆喝声组成了一曲更宏大广阔的声音世界，为演员的台前表演烘托出可信的时代氛围，也使他们找到了更准确的心理依据。这些声音有的是单为制造生活气息表现时代特征——如第一幕的鸽哨声、小摊贩生意的招揽声、推水小车吱扭声、教堂钟声、算命的鼓声、走骡蹄声与铃声；第二幕的大兵歌声、小摊贩叫卖声、独轮水车吱扭声、倒卖宫廷物件小商贩小鼓声、炮声、算命的钲声、远处火车与汽笛声、教堂钟声、天主教布道洋号声和歌声；第三幕的报童吆喝声、流行歌曲声、吉普车声、买卖袁大头的吆喝声（这是很有时代特色的别致的声响）、人力车铃声（或许骆驼祥子正拉车经过茶馆门前）、出殡的哀乐声、鼓声、呜咽声、学生们游行示威口号声、歌声……仅仅是声音就组成一个立体广阔的世界，使人觉得茶馆只是大千世象中之一瞥，更丰富的故事在幕后，在茶馆外的污浊的社会里，更不平更荒唐的事件发生在茶馆外芸芸众生中。有的声音却是为塑造人物，暗示命运而设置。作者对环境的描绘是精致精到的，每一种声音必配合台前的情节进展和人物的职业、身份，甚至与命运走向相联系，成为烘托人物的必要的笼罩。吴祥子、宋恩子上场时，幕后传来尖锐的"换头！"声，像戏曲舞台上的"叫板"，从气势上把台前人物和声音"弹压"下去。康六卖女儿时是"高桩柿子，涩了管换！"的声音和算命的小鼓声，小贩叫卖声悠长而凄凉，鼓声咚咚，单调而沉重，像敲击在观众心上。第二幕大兵的歌声不纯是为了添乱，重要的是为斩杀刘麻子埋下伏笔，歌声增加了不安定因素。第三幕的流行歌声此伏彼起，使几位担忧传统艺术的艺人和手艺人的对话，有了环境的渲染。学生们的歌声则喻示着旧时代的终结和新时代的开始。小商贩的声音不是毫无道理地绕在茶馆周围不散，而是由远而近，再由近及远，他们另有一种为生存奔波的节律，是一个活的与茶馆并存的合理生动的空间。

《茶馆》的声音背景塑造不仅仅是自然属性的标示，不仅仅是物质的，更不是猎奇或者"噱头"，而有明确的追求。作者用声音为戏剧涂抹了一个依附的背景，为人物渲染出一片衬托的空间，一种生存的环境，为我们营造了一个情感色彩指向性明晰的社会与世界。

不论从哪一方面说，《茶馆》都是一出容量宏大的戏，它凝结了编导演共同的全部的人生体验、创作精力和舞台修养，甚至将这种深入刻画的能力渗透到各个角落，绝非"以角带戏"就可完成的。作为一帧浓缩了五十多年动荡社会世象的画卷，每一寸每一段每一章节都呈现出作者倾其全力渲染刻画的功力和用心，呈现出一部经典所具备的全面因素；它所特有的可品读性、可评性、可推敲斟酌意义，都经得起持久的玩味与苛刻的鉴赏；像《清明上河图》一样，在不同的时间、地点、心境下，能读出不同的修养、文化积淀，在不同的年龄、境遇和文化层次中，都可收获不同的思想情感果实。

2013 - 7 - 8 / 载《齐鲁艺苑》2014.1，总 136，山东艺术学院